JN046091

カフカ、なまもの

קאַפֿקאַ, אַ רויער

西成彦

松籟社

目次

カフカが描いた死の諸相

雑種たちの未来

カフカ作品の引用に関して

■生前に発表された作品

『判決』*Das Urteil*（一九一六、初出一九一三、略号：UT）は『変身／掟の前で、他2編』（光文社古典新訳文庫、二〇〇七）に収録された丘沢静也訳を用いた。

『変身』*Die Verwandlung*（一九一五）からの引用には、角川文庫版の川島隆訳（二〇二二）を用いた。ただし、「ベッドの中で化け物じみた図体の虫けらに姿を変えていることに気がついた」の「虫けら」は、単刀直入にすぎるかもしれないが、原語（Ungeziefer）に可能なかぎり忠実に「害虫」に置き換えた。ちなみに、集英社文庫ヘリテージシリーズ『ポケットマスターピース01カフカ』（二〇一五）に収録されている多和田葉子訳（タイトルの「変身」には「かわりみ」のルビが施されている）では、安直な日本語への置き換えを避けて「ウンゲツィーファー（生贄にできないほど汚れた動物あるいは虫）」という説明的な訳が施されている。

『流刑地にて』*In der Strafkolonie*（一九一九）および「ある断食芸人の話」Ein Hungerkünstler（一九二四）からの引用には、『カフカ・セレクション〔Ⅱ〕運動／拘束』（平野嘉彦編、ちくま文庫、二〇〇八）の柴田翔訳を用いた。ただし、原文と対照して部分的に手を加えた箇所がある。

「家父の気がかり」Die Sorge des Hausvaters（in『田舎医者』一九一九、略号：SH）は『カフカ小説全集④変身ほか』（白水社、二〇〇一）の池内紀訳を用いた。

「田舎医者」Ein Landarzt（in『田舎医者』）は、その英訳を引用したアーサー・クラインマンの『病いの語り』の江口重幸ほか訳（誠信書房、一九九六）をそのまま用いた。

■死後にマックス・ブロートが編集して刊行された主要作品

『訴訟』*Der Proceß*（初版一九二五、略号：PC）からの引用には、集英社文庫ヘリテージシリーズ『ポケットマスターピース01カフカ』（二〇一五）に収録されている川島隆訳を用いた。同作品のタイトルは、一九四〇年の本野亨一訳以来、書籍媒体での翻訳では『審判』が定訳とされてきたが、原題を忠実に訳すと『訴訟』である。ドイツ語の「訴訟」は広く「プロセス」の意を含んでいる。

なお、主人公がビュルストナー嬢の部屋で目にした「海水浴場の写真」は、マックス・ブロート版では「未完の章」とされていたなかに含まれる表現で、この訳語は『〔決定版〕カフカ全集⑤審判』（中野孝次訳、新潮社、一九八一）の「付録」から引いた（二〇五頁）。

『城』*Das Schloß*（初版一九二六）および同書初版への編者マックス・ブロートによる「あとがき」からの引用には、『〔決定版〕カフカ全集⑥城』（新潮社、一九八一）の前田敬作訳を用いたが、「測量師」という表記は現在の慣行に従って「測量士」、「浮浪人」は「浮浪者」としたほか、若干の変更を加えた。

ただし、「名前の憂鬱」における『城』からの引用のみ拙訳である。

『失踪者』*Der Verschollene*（初版一九二七）から関連文の引用には、『カフカ小説全集①失踪者』（白水社、二〇〇〇）の池内紀訳、および同氏による解説を用いた。

「イディッシュ語についての講演」Rede über die jiddische Sprache（略号：RJ）は『カフカ全集④田舎の婚礼準備、父への手紙』（新潮社、一九七六）の江野専次郎・近藤圭一訳を用いた。

『日記』*Tagebücher*（一九五一、略号：TB）は『カフカの日記〔新版〕』（みすず書房、二〇二四）から谷口茂訳を用いた。ただし、イディッシュ語部分の訳文には引用者の判断で手を加えた。

『書簡』*Briefe*（略号：BR）は、『〔決定版〕カフカ全集⑨手紙』（新潮社、一九八一）の吉田仙太郎訳を用いた。

■「八つ折りノート」のなかから拾われた断章群

「雑種」Die Kreuzung（略号：KR）は『〔決定版〕カフカ全集②ある戦いの記録、シナの長城』（新潮社、一九八一）の前田敬作訳を用いた。

「父への手紙」Briefe an den Vater（略号：BV）と、イツハク・レヴィ作とされる「ユダヤ芝居のこと」Vom jüdischen Teater（略号：JT）は『〔決定版〕カフカ全集③田舎の婚礼準備・父への手紙』（新潮社、一九八一）の飛鷹節訳を用いた。「虫けら」は、原語（Ungeziefer）に可能なかぎり忠実に「害虫」に置き換えた。

「〈彼〉」Erは、それを引用したヴァルター・ベンヤミンの「カフカ論」の野村修訳（『ボードレール他五篇、ベンヤミンの仕事2』岩波文庫、一九九四）をそのまま用いた。

カフカ、なまもの

虫けらを殺すということ（二〇二一〜二〇二四）

1．誰がグレーゴルたちを傷つけたか

昨今は、暴力事件があると、被害者の位置にみずからを置き、その痛みを自分でも受け止めるのがあたりまえと、そうした思考回路が自動的に作動するしくみができあがっている。これはこれで、ひたすら力強いものを礼賛し、加害行為をさえ「英雄的な行為」として正当化する野蛮さが一世を風靡した時代から比べれば、大きな進歩だろう。

しかし、暴力沙汰を前にして、被害者の心、被害者遺族の心に近づいていこうとするあまり、加害者の人間性から目を背け、自分のなかにそうした加害者的な志向性（あるいは嗜好性）が眠っているかもしれないと思いをめぐらせる回路を、その結果として封じこめるとしたら、それはどうだろ

う。

今次のコロナ騒ぎで、いつ自分にも感染が及ぶかもしれないと気に病む人間は、ただ被害者予備軍としてだけ自己を同定しているわけではない。いったん感染してしまえば、自分のまわりの人間に感染を促すことになるという意味で、だれもが加害者予備軍であると考えている。マスク着用の目的も効用もそこにある。

私たちはいつ「被害者」にならないともかぎらないという思いが強いから、つい「被害者」への共感を募らせるが、同時に自分が「加害者予備軍」として動員されるかもしれない、そんなひとりだということに戦慄をおぼえる自分でもあると気づくことが必要だ。そんなふうに考えるためのきっかけとして、今回のコロナ事態を活かせればよいだろう。

たとえば、二〇一六年七月二十六日、相模原市の障がい者施設で起きた殺傷事件をきっかけにして、私が思ったのは、以下のようなことだった——被害者たちの怯(おび)えや痛みもさることながら、加害者(後に死刑囚となる植松聖さん)のからだにとりついた高揚感から使命感まで、あの事件に付随したに違いない数々の感情、その萌芽を、自分のなかに見出す努力を私たちは怠ってはならない。そして、そうした高揚感や使命感が、加害者自身の突飛な発明などではなく、世間に蔓延している遊戯感覚や正義の名の下での暴力行使と深いところで通じあっていることに思いを馳せなければ。

辺見庸さんの『月』(KADOKAWA、二〇一八)を読みながらこう思ったこともある。あの事件に巻きこまれて、命を落とし、あるいは傷ついた入所者に「傷つきやすい身体」が備わっていたように、加害者にも「ままならない身体」（＝何者かの傀儡（かいらい）＝手先でしかない身体）があった。いや、それだけではない。そこには、世間の動きにあらがおうとする激しい抵抗心さえもが宿っていた可能性がある、と――《世間はだいたいバカだけど、みんながみんな、ぜんいん大バカというわけじゃない。けっこうきびしい。それと、すごくひねくれている。手がつけられない。みていないようで、みている。みているようで、みていない。みていないふりをして、ながめている。顔つきと腹の底がまるっきりちがう。口先と本音があべこべ。ぼくにやってくれとたのんだくせに、いざとなると、たのんでいないふり。めいわく顔。そんなのざらだ。ザ・セケン。ザ・シミン。ザ・ジュウミン。ザ・フクシ。口ではぼくをはやしたてながら、腹では〈またあのバカが、お調子者が……〉と軽べつしていたりする。》（二九三頁）

あの行動へと彼を向かわせたのは、決して狂気や短絡的な衝動ではない、ある種の命令だったはずだ。特定のだれかが発令したわけではないにしても、彼を行動へと導いていった空気を社会の内部に充満させたのは、ひょっとしたら私たちかもしれないのである。

世間、市民、住民、福祉の掛け声によって予防可能な犯罪もあるだろう。しかし、ひとをそそのかして実行犯として名のりをあげさせ、結果として惨劇を生み出してしまうのもまた、悲しいことだが、世間のしくみなのである。

私たちのからだが、個人の力では、また社会の力、ましてや国家の力などではコントロールできないなにものかになってしまう瞬間があるという、この世のからくりとどう向かいあっていけばいいのか。これは大きな問いだ。

（二〇二一年三月十五日）

2. 自宅隔離か集団隔離か

二〇〇一年六月の大阪教育大学附属池田小学校事件のあったころから、うすうす感じるようになったことだが、それまでは東京・埼玉の連続幼女誘拐殺人事件（一九八八〜八九）にせよ、神戸市須磨区の連続児童殺傷事件（一九九七）にせよ、その猟奇性と「連続殺人」という特徴が何よりもひとびとを震撼させたが、そのあと潮目が変わった。凶悪犯罪のパターンは、ひとが集まって生活する空間に殺意をもった人間がいきなりしのびこんで、ひとを情け容赦なくなで斬りにする形へと推移してきている。

しっかりとした名前を持つ人間を殺すのではなく、名もない人形、あるいはフィギュアを仕留めて点数を稼ごうとするかのような殺人。

しかも、相模原市のやまゆり園事件がそうであったように、無防備で、傷つきやすい、要するに「保護」を要する人びとが身を寄せ合うようにして日々を過ごしている閉鎖コミュニティが、突如として「キリングフィールド」と化す。

殺人といえば、怨恨だの物欲（あるいは異常性欲）だのといったみみっちい動機から起こるものだと、かつては相場が決まっていた。ところが、いまや破壊的な衝動の発露として殺人が実行に移され、しかも、あたかもそれが正義であるかのような理屈をふりかざす形で、確信犯的に事件全体が「文脈化」される。そこまでくれば、たんなる犯罪ではなく、独善的な大義をふりかざした戦争だと考えるべきだろう。

しかも、攻撃対象にされた学齢期の子どもや障がい者が「施設」に「収容」されているのは、彼ら彼女らが何らかの支援を必要としているからだし、そのための社会負担を効率化することが目的なのだ。

私がいま所属している立命館大学大学院先端総合学術研究科の同僚である立岩真也さんが、批評家の杉田俊介さんと二人で書かれた『相模原障害者殺傷事件――優生思想とヘイトクライム――』（青土社、二〇一六）に書きつけられた次のひとことが、そんなことを考えていた私には、じつにツボにはまった――《人が一ところに集まっていて一度に多くが殺傷された。もっとてんでに住めるようにするのがよい。》（九四頁）

属性別に集められた人びとがそこで生活を送っているのでなかったら、あのような大量殺人は起こらなかった。同じ属性を有する人びとを「一ところ」に集めることが「保護」の基本形であるという思いこみが、かえって徒になって、「収容施設」がいつのまにか「狩猟場」に変えられた。

「収容施設」といっても、それは学校や病院から、刑務所・拘置所、出入国管理センターまでさまざまだ。しかし、それらは、収容者の生命と安全を保障するための収容施設であるかのように装いながら、じつは、ひそかに社会を防衛するための隔離施設（あるいは矯正機関）としての機能を期待されていたりもする。

社会が重点的に保護すべき存在と、治安をおびやかすおそれのある有害な存在という二つの意味づけのあいだで、収容者は板挟みを味わわされるのである。

そして、そんな「収容施設」の両義的な性格が、その結果として殺人者をおびき寄せ、おそるべき惨事が引き起こされる。

犯人らは、小学生（自分もまたかつてはそうだっただろう）や障がい者（自分もまたその一種だと思う気持ちが犯人になかったとは言い切れない）を完全なる「他者」だと考えていたわけではなく、ある種の「自傷行為」のようにして行為を実行に移したように私には思える。

となれば、少なくとも時代は、遅々としてではあれ、「脱病院」や「脱施設」の方向へと動こうとしているのでもあるし、「てんでに住まう」ことと社会福祉との両立が模索されるべき時期に来ていると考えるべきではないだろうか。

コロナ禍に苦しめられているこのような時期に「てんでに住まう」ことを夢のように語るのは、すこしためらわれるが、分別（ぶんべつ）だの選別だのが差別と地続きなのは、このご時世であれば、だれもが気づいていることだろう。

（二〇二一年七月十九日）

3．壊れやすさ、攻撃されやすさ

人間のからだがどんなに壊れやすいものであるかは、子どものころから、怪我ばかりしていたから熟知している。さいわい戦後の日本で暮らしているかぎり、至るところに人間の死体が転がっているというような場面に遭遇することはなかった。しかし、道端に転がるセミの死骸、ミミズの死骸をみていれば、野垂れ死にがどんなものか、轢死体の無残さ、みだらさについてはそこそこ想像できた。そうした空想は死への不安をかきたてもしたが、何よりも、そのつどからだの脆弱性を思い知らされながら生きてきた気がする。英語を習い、fragileという言葉を覚えたときに、脳裏をかすめたのは、欠けた茶碗というよりは、そうした傷ついた生きもののからだのもろさだったのを覚えている。

そうこうするうち、「壊れやすい（フラジャイル）」のは、からだだけではなく、こころもまた壊れやすいということを知った。それはむしろ「傷つきやすい（ヴァルネラブル）」と言い換えた方が適切だろう。壊れたからだと違って、壊れたこころは目に見えない。そのひとの仕草や言葉のなかに、いかにそのひとが傷ついているかの痕跡のようなものが読み取れる。しかし、それはひと目でそうとわかるようなものではないのだが、逆に、十年、三十年、五十年、七十年生きてきて、怪我をしたことがない人間はいても、こころが傷ついたことがない人間なんているはずがないというふうに考えれば、どんな隣人もこころに傷を隠し持っているだろうと予想はつくのである。

ただ、よほどの致命傷でないかぎりからだの傷は癒えるし、こころの傷だって表面化しないまま、墓場まで持っていくことが可能かもしれない。それを「再生」というのか、「強靭さ＝打たれ強さ」と呼ぶのか、そこは深く考えないことにするが、人間の心身に備わった再生力や強靭さは、けっして人間の心身の壊れやすさ、傷つきやすさを中和するような特効薬ではない。ひとは、からだに、こころに傷を負いながらも、そしてその傷を何らかの形で引きずりながらも、なんとか自分を立て直し、生き長らえようとするのだ。過去の古傷とともに生きる生き方を身につけるのが、老いるということだ。

ところで、「傷つきやすい」vulnerableという英語やフランス語が日本に入ってきた一九七〇年代、「道化論」や「スケープゴート論」などで人気を博した文化人類学者の山口昌男は、これを「他人の攻撃を招き易い」とパラフレーズしてみせた。ひとがひとを傷つけるのは、偶然ではない。凶器を持ってひとを傷つけるのも、言葉でひとを傷つけるのも、それらは文化がひとをあやつってそうさせている。文化人類学者は、そんなふうに考える。

こんなことは昨今の「ヘイト」を考えればすぐにわかることだが、当時は、山口のモノの見方がじつに新鮮だった。そして、今は『いじめの記号論』（岩波現代文庫、二〇〇七）に収録されているから簡単に入手できる論考「文化とその痛み」のなかで、山口はフランスの思想家のルネ・ジラールを念頭に置きながら、こうも書いている――「どんな文化でもヴァルネラブルなものを再生産している」（二七五頁）と。

ナチスのホロコーストにおいて、「傷つきやすい」とされたのが、ユダヤ人やシンティ・ロマ、障がい者や同性愛者であったことは知られているが、あるカテゴリーに属する人間が、物理的な攻撃を受け、精神的なダメージを受けるのは、まさに「ヴァルネラブルなものを再生産」する文化がもたらした行動のつみかさねの結果なのだ。

「身代わりの山羊」であれ、「市場へと売られていく仔牛」であれ、山羊や仔牛に攻撃を誘発するような何かがうめこまれているわけではない。むしろ、攻撃対象として山羊や仔牛を標的に定める人間の文化が圧倒的な力を誇示するのだ。

そして、そうした心ない攻撃にさらされながら、命があるかぎり、どこまで「再生力」を発揮できるのか、「強靭さ」の上限がどこまでなのかを日々試される存在、それが「弱者」――記号論をふまえていえば「文化的弱者」――だということになる。

（二〇二一年十一月三十日）

4．生身のからだに飢える戦争

いつ手が出て足が出るか分からない、それもどちらが先に手を出し足を出すかも分からないという、一対一の格闘技は、生きるか死ぬかという限界状況のアーキタイプではある。

しかし、戦争になると、暴力のぶつかり合いは、さほど単純ではない。軍事技術の進歩に伴い、肉と肉とがぶつかりあうような肉弾戦は、徐々に影をひそめつつあるようだが、最後は肉が傷ついて、しばしばそれが命取りになる。ひとのからだを傷つけない形の戦争が、新しい覇権争いの形になるのは、まだまだ先のことだろう。

それでは、戦争を現実に動かしている暴力とは何なのか。

まず動員の暴力である。それが徴兵に基づくものであれ、正義を掲げることで義勇兵を集める形や、潤沢な資金を活用した傭兵の動員という形をとるものであれ、命を賭けて戦う戦士を集めるということは生易(なまやさ)しいことではないはずだ。

しかしそれでもそうした強制や勧誘や誘惑に抗しきれずに戦場に赴く兵士は次々に湧いてくる。兵士動員という暴力は、暴力と認識されないことさえあるのだ。

そして、戦争が戦闘をともなうかぎり、地球上のどこかが戦場となる。そして、その戦場では、本人に闘う気がなくても、とつぜん武装した人間が目の前にあらわれれば、自己防衛のために思わず相手を傷つけてしまうということがありうるだろう。

つまり動員の指揮系統から、戦場となった土地の人間関係まで、いたるところに暴力がしのびこみ、暴力が予感として漂うのが戦争だ。

そして、戦争は多くの人びとの血を流し、奪われる命は、兵士の命ばかりとはかぎらず、命を奪いにくるのが敵なのか、自分が誰に殺されたのかすらがあいまいなのが、戦争なのだ。

いまから百年ほど前、帝国日本は、ロシアで発生したボリシェヴィキ革命の余波が、自国にも波及するのではないかとの不安と、シベリア開発の主導権を握ろうという野心とから、「シベリアへの出兵」を決断した。

ボリシェヴィキ革命の最前線に位置したウラジオストクの防衛を画策した西洋列強と歩調を合わせるかにみせながら、その機先を制しようという下心は、当初から見え透いていた。

この百年前をふり返るのにちょうど手ごろなのが、昨年、岩波文庫から刊行された『黒島伝治作品集』（紅野謙介編、二〇二一）だ。

そのなかの「渦巻ける烏の群」は、日本軍兵士の食い残した「ザンパン」に群がるシベリアの貧しいロシア人と、食事に困ることはなくても、温もりのある生活から遠ざかっていた日本人兵が現地女性とのあいだに結ぼうとした人間的な交流に横やりを入れようとした上官が、かんしゃくを起こして無謀な命令を下し、《一個中隊すべての者が雪の中で凍死する》（一四六頁）という、じつに身もふたもない終りの準備された話だ。

ありえたかもしれない若者たちの未来は、露と消え、降り続く雪は《散り散りに横たわっている黄色の肉体》を埋め、《しばらくするうちに、背嚢も、靴も、軍帽も、すべて雪の下に隠れ》てしまう（一四七～八頁）。

そして、長かった冬が終わり、春が来る。

解けかけた雪があった。黒い烏の群が、空中に渦巻いていた。〔中略〕それは、地平線の隅々からすべての烏が集まって来たかと思われる程、無数に群がり、夕立雲のように空を蔽わぬばかりだった。

（一五〇頁）

冬のシベリアに暴力の予感がたちこめてはいたが、これは、日本軍の上官が兵士に「死の行軍」を命じ、氷漬けになったその死肉をカラスが喰らったというだけの話である。この場合、そもそも「傷つきやすい」からだを持った国民を、戦場に送りこんだ国家が最上位の「殺人者」だったというしかない。

そして国家からあらかじめ死刑を宣告されたような兵士たちが、「自暴自棄」という言葉そのまま、タガが外れたように、乱暴狼藉をはたらいて、それを武勲だと思いこむ。それが戦争なのだ。殺す側に立っても、死にゆく側、いつの間にか巻きこまれる側に立っても、戦争の悲惨さに変わりはない。

（二〇二二年四月三十日）

5．「死者の日」

戦後の日本で、八月十五日は、暦の上の祝日でも何でもないが、多くの職場はその前後を休暇にして、七日周期でやって来る週末が奉公人の休日ではなかった明治以前の「盆暮れ」の「盆」にあてる。しかもそこに通称「終戦記念日」がはさまることで、甲子園球場で、正午の時報とともに「一分間の黙禱」がささげられるのが夏の風物詩にもなっている。

労働者の年次休暇も、無謀な戦争が行き着いた果ての無条件降伏も、宗教とは無縁なもののはずだが、多くの人々がこの時期に墓参りに出かけるなどして、祖先崇拝の名残りに身をゆだね、他方、政治家のなかにはわざわざこの日を選んで靖国神社に参拝する者がいる。

偶然が必然のように見えだすと、いつしかそれは国民的な無意識のなかに深く根を下ろしていく。日本の本当の敗戦は、ミズーリ号上で降伏文書の調印がおこなわれた九月二日こそがそれであるとか、八月十五日は、韓国では「光復節」、北の共和国では「祖国解放記念日」として盛大に祝われる祝日であるとか、そういった周囲の事情にはほとんど目もくれず、ひたすらこの世にはない「霊」に手を合わせる、カトリックが優勢な諸国では「死者の日」として知られる秋の一日に相当するのが、日本の場合には、春と秋のお彼岸と、この日なのである。

では、これから先、この日本において「七月二十六日」は、どのような一日になるだろうか。

本誌（『ＩＭＡＪＵ』）の読者には、この日が、二〇一六年に、日本の障がい者差別がまだまだ根

本稿は『異文化の交差点● IMAJU』（KSK）誌上で連載中である。

深いことを知らしめた一日、それこそ障がい者に真の解放が訪れるまで断じて忘れてはならない一日となったということは言わずもがなだろう。

しかし、歴史はそこで停止はしなかった。相模原市の障がい者殺傷事件から二年後の七月二十六日には、地下鉄サリン事件に関与したオウム真理教信者六名の死刑が執行され（主犯格の松本智津夫ほか六名は同年七月六日に執行を先に終えていた）、今年は今年で、秋葉原無差別殺傷事件の犯人の死刑が、この日に執行された。

べつに仕組んだわけではないとしても、当時の上川陽子法務大臣と現在の古川禎久法務大臣の判断が、こうした日付の符合をもたらしたのだろう。しかし、これらが相模原の事件の記憶を隠蔽するための操作であったとか、参議院選挙に向けた選挙戦略の一環であったとか、解釈の余地はいくらでもあるだろうが、私は、こうした不穏な動きを、前向きにとらえ返したいと思っている。この日をこそ、優生思想が行き着いた結果としての惨事と、死刑制度が国家の維持に避けては通れないものであることを、メディアを介して広く訴えようと企てる政治的パフォーマンスの共犯関係について考える契機にはできないかと。

問われるべきは、実際の犯行者や、死刑執行人を手足のようにつかって、思想宣伝に使おうとする黒幕的なイデオロギーであり、国民の多くがその護持者になりさがってしまう気配が濃厚な現代の空気の方なのである。

サリン事件の被害者や、相模原やまゆり園の被害者、秋葉原の路上の被害者と、そうした大量死に深く関与した罪を問われた死刑囚の死を並べて考えることは、たしかにおぞましい。それは戦地で命を落とす敵と味方の兵士の死を並べて論じることのおぞましさに似てもいる。しかし、最終的にこの地球から戦争をなくしたいなら、それら両者の死をともに「避けられたはずの死」とみなすことから始めるしかないだろう。

ひとを手足のように使って殺人に向かわせる理屈やそそのかしや衝動や使命感について思いを馳せるために選ばれた一日。

そして、かりにそれが遺族であろうとも殺人犯に対する死刑という「目には目を」の原則以外に「救い」の道はないと言い切れるのか、そこをあらためて問い直すための一日。

日本の八月十五日は親族が集まって死者との再会の時間を過ごすための盂蘭盆会の中日（月遅れ盆ともいう）だが、七月二十六日は、仕事に明け暮れつつも、ひとがとつぜん殺人鬼としての行動にふみきってしまうかもしれないからくりに慄（おのの）きながら、ひとがひとの死を希（こいねが）ったり、それをやむをえないことであると考えてしまったりすることにどこまで人間として抵抗していけるのか、それを五分間でも十分間でも考えることのできる、そんな日にしたい。

（二〇二二年八月六日）

6.『変身』の活用法

社会のなかで「攻撃されやすい」とレッテル貼りされたら、その一員には、いつ暴力が及んでもふしぎではなくなる。悲しいことだが、現状ではこれが人間の文化のあさましい姿だ。

作家、フランツ・カフカは、そうした「攻撃されやすい存在」は家庭のなかにもまた出現するのだということを『変身』に書いた。

それでも、最初のうちは、やさしい声もかけてもらえ、きちんと食事を運んでもらってもいた。しかし、その食事（餌？）を運んでやるのは、なぜか母ではなく妹の役目で、それも長くは続かず、最後は雇われの家政婦がもっぱら主人公の介護に従事するようになる。そして、とうとう、何も食べようとしなくなった息子に業を煮やしたのか、父親はかじりかけのリンゴを息子に投げつけ、息子は致命的な傷を負う。

家庭内暴力、家庭内イジメ、家庭内ヘイトを正面から描いたのが、あの『変身』のカフカなのだ。

しかも、カフカはのっけから息子のグレーゴルを「害虫」（ドイツ語の「ウンゲツィーファー」には害虫・害獣の意味がある）に「変身」させているから、それでも家族的な情愛を示していた妹グレーテは「聖女」のように見えさえした。

しかし、グレーゴルが「害虫」であるかぎり、家人の気持ちは沈むばかりで、「害虫」が息絶えたとき、はじめて家族は、長かった憂鬱な日々から解放される。

カフカがプラハのユダヤ人作家であったことを考えれば、彼が、後にノミだのシラミだのネズミだのになぞらえられることが多くなる「民族」に属していたからこの作品が書かれえたという解釈は十分になりたつ。ナチス政権の成立後、すでにカフカはこの世の人ではなかったが、『変身』を一種の「予言の書」であったと考える読者は少なくなかった。それこそ、息絶える寸前に『変身』をオリジナルのドイツ語原文や、仏訳、ポーランド語訳などで読んだ日のことを思い浮かべたユダヤ人は少なくなかっただろう。

「害虫」とみなされた瞬間から、いつ殺しても、それをありがたがられはせよ、責めを受けることのない存在が、社会のなかだけでなく、家庭内でさえ存在感を主張しはじめる。

それでは、このような絶望的な一冊が、世間から「ヘイト」を消すのに多少なりとも役立つのかどうか。

森鷗外の『舞姫』が「おおやけ」のためであれば、「わたくし」の世界で子をなした女性をさえ棄て去ってもよしとする屁理屈の蔓延に加担してきたとしたら、カフカの『変身』もまた「害虫」ならば、生かすも殺すも手前の勝手だという優生学的なイデオロギーの拡散に、結果的には貢献してしまっている可能性は否定できない。

文学研究者をしていてつくづく思うのは、文学は世界をよくするうえで、すぐれた「武器」でありうるが、だれのだれに対する武器なのかということになると、はっきり言い切ることは難しい。正直に言って、ヘイトに真っ向から立ち向かい、いかなるヘイトにも加担しない清廉潔白な文学など、はじめから存在しないのだ。

しかし、あきらめてはいけない。物は使いようである。

多くの読者は思春期にはじめて『変身』を読む。そして、性別にかかわりなく、グレーゴルは自分だと思いこむことで、自己憐憫にひたる。

しかし、長じて、子どもを持ったり、介護職についたり、人生経験を重ねた後に、あらためて『変身』を手にとった読者は、「害虫」にも等しい「役立たず」のグレーゴルに「手を焼く」ことの意味を考えはじめる。このグレーゴルに餌をやるにはどのような工夫が必要か。まかり間違っても彼をネグレクトしたり、リンゴ爆弾で攻撃したり、そんな仕打ちでグレーゴルを片付けようなどという気持ちを起こしてはならない。いったん自分がグレーゴルだと感じたことのある読者ならば、しだいに、そう考えるようになっていく。

ひきこもりにおちいった若者が、やくたたずの「害虫」としてたたきつぶされていくだけではなく、たたきつぶす側もそれを深く思い悩むことがなく、その悲惨な結末を至福感を持って受け止める。この、おぞましくはあるけれど、しかし書かれてから百年を経た今もなお、リアリティを失っていない小説が、ただの「害虫駆除」の話としてではなく、「反ヘイトの書」としても威力を発するとしたら、それからだ。

（二〇二二年十二月六日）

7．だれなら殺していいのか

ロシア軍のウクライナ侵攻から一年、そして、さらに数カ月が過ぎたが、ロシアがウクライナの「西欧化」もしくは「中欧化」を危ぶむ気持ちが分からないではないが、だからといって軍事的な「干渉」にはまったく正当性がないとも思う。

しかし、何よりいたたまれないのは、戦場においてロシア人がウクライナ人を、ウクライナ人がロシア人を殺すということの戦争が「ロシア兵士として生きる道を選んだ（選ばされた）者」が「ウクライナ人だろうと怪しまれる人間」を標的に据え、逆もまた大差ないという、国家間戦争のグレーな部分をあからさまに露呈させていることだ。

こちらもあちらも人間だが、致死的な打撃を加える軍事行動に出るということは、「殺傷可能」な標的だと相手をみなすという知的操作を経たのちにはじめて可能になるのだ。

ハンナ・アーレントの『エルサレムのアイヒマン』（一九六三）を読み直していて、ハッと気づかされたことがある。

ナチス統治時代の親衛隊員で、ゲシュタポのユダヤ人移送局長官をつとめたアドルフ・アイヒマンは、ユダヤ人問題の最終的解決に手を貸したなかでも最も重く責任を問われなければならないひとりだった。しかし、ニュルンベルク裁判の時代には南米に逃亡中で、その彼が法廷に召喚されたのは、一九六一年、イスラエルがまがりなりにも法治国家としての形を整えてから、十余年を経てからだった。

　同裁判を米国のジャーナリストとして傍聴したアーレントは、彼女自身もドイツ生まれのユダヤ人ではあったものの、《ユダヤ人のために正義をおこない得るのはユダヤ人の法廷のみであり、ユダヤ人の敵を裁くのはユダヤ人の仕事である》（大久保和郎訳、みすず書房、新版、二〇一七、六頁）と言わんばかりの当時のイスラエルの空気に違和感を覚えたという。

　そもそもイスラエルには、ユダヤ教徒ではない先住パレスチナ人が居住していたし、その多くを国外に追い出して難民化した責めをさえ追われてしかるべきイスラエルのユダヤ人が、その法廷を「ユダヤ人のための正義をおこなう」ものとして囲いこんでしまうこと自体に錯誤があった。

　しかし、アーレントの違和感はそれだけではなかった。

　彼女には「ユダヤ人虐殺」に向けて、多くの実行犯を駆り立て、凶行に導いたアイヒマンを裁くのは、被害者を代表する「ユダヤ人」である以前に「人間」でなければならないという信念があった。「ホロコースト」をめぐる法廷は、ユダヤ人に対してふるわれた暴力行為に対して実行犯としてのドイツ人を裁くというのではなく、《ユダヤ民族の身を借りて人類に対しておこなわれた犯罪》（同前）に関与した人間を、ユダヤ人であろうとなかろうと、人間が裁く形式をもって進められるべきだというのである。

　今年は関東大震災があってから百年目にあたる。そこでは震災後のパニックのなかで、流言飛語に基づく日本人民衆の理不尽な暴力行使があった。暴力行使の対象とされた側には、大杉栄など、反社会的分子とみなされた日本人のアナーキストや、労働者として首都圏にやってきていた中国人も含まれたが、その多くが首都圏ではたらく朝鮮人であったのも事実で、しかもそうした殺人が、あたかも正当防衛であったかのような事後処理が結果的に禍根を残すことになった。

そこは戦場ではなかったが、命に不安を覚えた首都圏の日本人は、自分たちが「襲撃対象」にされるかもしれないという疑心暗鬼にとりつかれ、当時のメディアを騒がせてもいた「不逞（ふてい）鮮人」を架空の攻撃者に見立てたのだ。

イ・ジュンイク監督の映画『金子文子と朴烈』（二〇一七、日本公開二〇一九）で話題になった朴烈（パクヨル）はそれを「太（ふて）い鮮人」と読み替えながら笑い飛ばしたが、朝鮮半島のみならず、中国東北部（後の「満洲國」）やシベリアで日本人に銃を向けたことがないではないコリアンが、震災後の首都圏でも暗躍するのではないかという被害妄想が、日本人を凶暴にした。

これも日本人が朝鮮人を虐殺したと簡潔に言い切ってしまえば済む話かもしれないが、そこで終わらせるべきでないと私は思う。アーレントに倣って、「朝鮮民族の身を借りて人類に対しておこなわれた犯罪」に日本の民衆が手を染めたのだと考えること。

なぜ朝鮮人に対して、ふつうに人間に対するように対することが出来なかったのか。

朝鮮人を「殺害可能」な存在とみなすためにどのような偏見が醸成されていったのか。

そして、それが一部であれ日本人の罪ならば、その罪は誰がどう裁くべきなのか。

そうした手順で「正義」の道筋をさぐらないことには、過去の清算はおろか、朝鮮人が日本人に対する復讐を企んでいるというような、この日本にいまもはびこるヘイト言説に立ち向かうことはできないだろう。

（二〇二三年四月三日）

8. だれが標的に害虫の名を与えるのか

カフカの『変身』の「使い道」の話に戻ろう。

家族の一員が「虫けら」に「変身」してしまうと、それでも普段と同じように接しようとすればするだけ、偽善めいてきてしまう。最初は同情しているふりをしていても、最後はもう無理だと匙を投げる。

作品が書かれてからの百年で、かりに息子が「虫けら」になってもそれなりのQOLを保てるように最大限の支援を送り、食欲でも性欲でも満たせるものなら満たしてやろうというところまでは、理解が広く浸透してきている。いわゆる労働には適さなくても、ただ生きて「虫けらとして生きる」ということの辛さ、そしてそれだけでなく、その輝きを社会に示すことで、それが社会活動として認められる。本人も誇りに思える。グレーゴルが生きて行くのに必要なグッズが次々に生産され、販売され、それが利益を生めば、それでちゃんと社会はまわる。政治がそれを後押しできるならば。

しかし、そんなふうに考えるだけなら、『変身』は、百年前の世界は障がい者に「ダメ出し」しかできなかったのだと、世界の進歩を言祝ぐための教材でしかないことになる。

戦争に駆り出されて戦地で深い傷を負い、それでも生きのびた傷痍軍人を無下にはできないと考えるのが国家というものではあったが、一介の企業戦士が「虫けら」に変貌しても、だれもそれをいたわることもないし、その彼から逆に元気をもらおうなどとも考えない時代が、かつてはあった。それを思うと、福祉の名のもとでこの百年間になされてきたことには評価を与えていい。

しかし、『変身』を手がかりにして世の中を改善していくという道筋を考えるときに、まだまだ手つかずに残されている領域がある。それは、蝶を愛で、蟬をいとおしみ、蜻蛉に夢を乗せ、金魚の舞に癒されるのが人間だが、同じ人間が室内に出現したゴキブリやムカデにはいきり立つ——そういった今も根強い人間中心的な善悪二分法だ。

そして、人間のなかには、大騒ぎしながら逃げ惑うだけの弱虫もいるけれど、間髪入れずに撃退する猛者（もさ）がいる。そして、両者に共通するのは、これらの虫を「害虫」だと最初から決めつけて、それを考え改めようとしない点だ。

そして、その恐れたり、叩き潰したりしようとする相手が虫ではなく、人間であるとき、それが百年前の「不逞鮮人（ふてい）」であり、イスラエル建国後に「反イスラエル感情」を強めるようになったパレスチナ人の武闘派（＝ハマス）なのだ。だれが「不逞鮮人」で、だれが「ハマス」なのか、その線引きすら曖昧なまま、痺れを切らしたように武力攻撃がなされ、「自衛」の名のもとにジェノサイドが遂行される。「害虫」と認定しさえすれば、罠をしかけたり、毒ガスを噴霧したり、殺害方法はよりどりみどりだ。

コロナのようなパンデミックの場合は「種の保存」という大義名分が大前提であるのかもしれないが、民族紛争の場合は戦前の日本で事あるごとに口にされた「國體の維持」が目標に掲げられる。ある種の「類」が、「異類」を「害虫」とみなして、その撲滅を言い立てる。それを「ヘイト」と呼ぶならば、彼らはいったい自分を何さまだと思っているのか。

ヨーロッパであれだけ「害虫」扱いされてきたユダヤ人が、パレスチナに移り住んだとたんに「益虫」気取りの征服者としてふるまうというのはどういうことなのか。

昆虫のなかに人間に都合のいい虫と悪い虫という線引きを試みて、殺虫剤を開発するのはこれも文明というものなのかもしれないが、人類のなかに線引きを設けて、たがいに相手を「駆除」することしか頭にない武力行使（それは戦争ではない！）が、パレスチナの「ガザ地区」で続いている。これを止めるには人類の叡智を総動員するしかないはずだが、これを「地域紛争」として片づけてしまおうというなまくらな心性が人びとの頭を思考停止に追いやっている。

「虫ケラならば殺していい」という論理がいまなお地球に生き延びている。カフカがこれからも読まれるに値するとしたら、こうした現実に目を塞ぐのではなく、それを直視するのに、『変身』をはじめとする彼の作品が、何よりも有効な「知の道具」であると思うからだ。

（二〇二三年十二月八日／二〇二四年三月十一日）

カフカが描いた死の諸相

害虫の生――『変身』

生き物はいずれ死ぬ。どんなに周囲から愛され、その存在意義を認められ、その生が産み出す諸効果に周囲が敬意を払ってくれて、その恩恵に浴することがあったとしても、そのような恵まれた状態は永遠ではない。有限である。しかも、その有限性は、生命の有限性とイコールではない。その有限性のすきまに「害虫としての生」という生の様態が巣食うことになる。カフカの『変身』が描き出した生存のおぞましい姿とは、この有限性のすきまを埋める現実のことである。生き物、いやしくも人間をみだりに殺してはならないはずだが、ひとが殺害可能（キラブル）な存在として、しかも猶予つきで暫定的に生かされてしまう時間というものが、私たちの終末期には控えている。死刑宣告を下されていながら死刑執行の時だけが先延ばしにされる、そういった時間を「害虫の時間」として表出すること。二十世紀文学のなかで『変身』がなしとげた何よりも大きな達成はそこにあった。

生き物の命は、想像以上にたくましい。ころっとか、ぽっくりとかは逝かない代わりに、しぶとく生き延びる生がある。しかし、そのたくましさが、脆さやこわれやすさへと、いつのまにか置き換わってしまう。生れてこのかたグレーゴルの名で呼ばれてきた生き物は、臓器の機能不全というよりは、外傷に由来する衰弱と、昂進する食欲不振と、生きることの希望のなさによって、後戻りのきかない形で死へと追いこまれていく。そして、その脆さ、傷つきやすさに追い討ちをかけるように、父親の家庭内暴力がグレーゴルの死期を早める方向で作用する。『変身』に先がけて書かれた短篇『判決』においては、父の暴言が主人公を「溺死」の刑に処したのだったが、『変身』では、殺害可能（キラブル）な存在として「変身」をとげた主人公に対する父の暴力が、こんどこそ致命傷を負わせるのである。「害虫」に変身したグレーゴルの傷つきやすさは、目をおおいたくなるほどである。グレーゴルはまず起きぬけにみずからの変形した身体に皮膚病の兆候を見るが、その皮膚病が全身に広がる速度にも増して、父親の暴力が彼に負わせた傷は、ただでさえ身動きの不自由だった彼をいよいよ身動きのとれない体へと変えていく。息子グレーゴルの体の不調を慮（おもんばか）って「医師」の権威にすがることを咄嗟に思いついた母に対してさえ、父はそれをはなからはねつけてしまう。父は息子の無防備さ、傷つきやすさを利用して、すきあらば息子を厄介払いにしようと考えている。戸口から自室に戻ろうとしてもたもたする息子を後ろから蹴飛ばして、左半身に深手を負わせるのも父親だし、家族の女たちを守るのが自分の務めだとでも言わんばかりに、リンゴでグレーゴルを攻撃するのもその父親だ。有害無益な存在を排除することに家父長らしさの発現を見出したい父の暴力行使は、いつも一線を踏みこえてしまう。計画的に駆除を施すわけではないが、ことあるごとに衝動的な家庭内暴力で事態を確実に悪化させる。おかげでグレーゴルの傷つきやすいからだはあられもなく壊れてゆく。死に行くものに容赦なく追い討ちをかける虐待。『変身』の物語を悲惨に見せ、しかしリアルに見せているのは、死に行く存在に対して嵩にかかって攻めかかるヒステリックなまでの攻撃性の昂進を描き出すその非情さである。そして、グレーゴルの傷つきやすい身体は、おそいかかってくる暴力の痕跡をとどめるためのサンドバッグとして見る影もなく横たわる。

もっとも、衛生主義的な権力の発現ともいうべき父親の首尾一貫した行動に対して、他の家族がみんな足並みをそろえているわけではない。息子の異状に気づいたとき、ひとまず「医師」の権威にすがろうとした母は、その要求を黙殺され、退けられてからは、ひたすら現実をはぐらかし、息子の姿を正面からは見ないことで、すべてをうやむやにする姿勢をとる。母にとって息子グレーゴルは、一家の大黒柱であった頼りがいのあるグレーゴル以上でも以下でもない。彼女は息子に手の施しようがないとわかった段階で、もはやそれを死んだものとして、はやばやと哀悼の対象に据えてしまったのだ。相手を着実に死へと追いやっていく勢力のかたわらで、すでにその死を先取りする形で哀悼するもうひとつの勢力がある。兵士を戦場に送り出す犠牲者創出のシステムがそうであるように、哀悼のシステムを兼ね備えない犠牲者創出はない。グレーゴルの両親は、皮肉にも調和的な一対をなしている。

さらに、それでも相手が生きているかぎり、その生命を維持するための最低限の雑事にはだれかが従事しなくてはならない。妹のグレーテが果たす役割は、介護者のそれだ。一家は家事労働の一部を家政婦に依存しており、グレーゴルが絶命して、「干からび」て「平べったく」なった死骸の後始末は、そんな家政婦のひとりが引き受けるのだが、彼が生きているあいだ、責任感を持ってその身のまわりの世話を一手に引き受けていたのは妹のグレーテだ。「害虫」の生を息子グレーゴルの生とは見なさない両親と異なり、少なくとも、妹グレーテは途中まで「害虫」をれっきとした兄と見なしつづける。介護（もしくは飼育）を要するペットが如き存在として兄を生かすための努力、それを彼女は日課として引き受けるのだ。

力ずくででも「害虫」を独房に監禁しようとする父。もはや息子はそこにはいないと考え、失われた息子の面影にしがみつく母。そして、少しでも「害虫」の延命に役立とうとする妹。「害虫」に変貌したグレーゴルにとって、家族とはそういうものだった。前日までは、老いた両親になんとかゆとりある晩年を保証し、嫁に出すまでのあいだ、妹を扶養することでも家族に大きく奉仕してきたはずのグレーゴルが、一夜にして、排除と否認と介護の対象となる。この家族にとって、息子の死は間近にせまってくる。稼ぎ頭として一家のなかに君臨することをやめたグレーゴルはもはや死んだも同然なのだ。グレーゴルの収入をあてにしないということは、グレーゴルがもはやそこにはいないかのようにふるまうことであり、妹の引き受けた介護労働は、グレーゴルがいないかのように生きる道を早々と歩み始めた一家にとって、最後の過剰労働なのである。それは、目を背けつつも、その気配に手を合わせようとする祈りのようなものである。

余計者の生。それはひと思いに断つことが最終的に容認されてしまう生であり、その生が引き延ばされたらされたで、その生が永遠ではないことがせめてもの救いとなり、かりにそれが短縮されることがあっても、だれもそれを後悔したり、自責の念にかられたりはしない。グレーゴルが「害虫」に変身してから後、一家の日常はグレーゴル抜きにしても生きられるような生活様式をいっときも早く獲得するために立て直され、要するに、あなたが消えてしまえばどんなにせいせいすることだろうかと、家族が全員で本人に向かって断続的に訴えつづける日常である。妹のグレーテも自分の介護労働が、しょせん一時の気休め（＝祈り）であることに内心は気づいているのであり、介護労働にたずさわるかぎり、その無意味さを考えないようにしているだけだ。そして、その妹による介護の質も日に日に低下していく。

◆

ところで、グレーゴルの場合、虫への変身は部分的・段階的である。彼は人間であった時代の社会関係のただなかで、いきなり虫としての生へと追いやられ、それでも人間社会のしがらみから抜け出せないまま、「害虫としての生」を生かされる。「害虫」であるというのはそういうことだ。虫の世界に「益虫／害虫」などという区分はない。虫は虫の生をまっとうするだけで、ほんらいは、益も害もないはずである。

グレーゴルは、身体の変容を経験する。あまりにも唐突な変容に、グレーゴル自身はこの新しい装いをもてあますことになる。彼は虫として生れついたわけではない。人間として生きていた時代の習性を惰性としてこびりつかせたまま、なんの相談もなくいきなり昆虫の身体をあてがわれるのだ。目覚めたばかりの彼は、昆虫の装いをもって生きることに関してはまったくの初心者で、人間の姿をしていた時代の自分が、なに不自由なく身体を操縦できたことの方が嘘のようだ。ベッドから起き上がるにも、壁にもたれかかるにも難渋する。適切なリハビリと介助が持続的に行われれば、よちよち歩きの幼児が周囲に支えられながら人間として二足歩行に習熟していくように、いずれこの身体の操縦にも慣れていったかもしれない。ところが、グレーゴルの新しい門出を祝福してくれる者はどこにもいない。労働力の切り売りをして生きてきた人間が、目を背けたくなるようなおぞましい「害虫」に変貌し、彼はそれまでの努力をねぎらわれるどころか、それまで人間的な生、社会的な生を生きてきた人生の絶頂期そのものが、じつは幻であったかのように受けとめられる。それこそ、それまで包み隠してきた邪悪な本性をいきなり露呈させたかのように見なされるのだ。羽化したての昆虫にも似た、ういういしいからだとともに彼が歩み始めた第二の生は、にもかかわらず、あらゆる生がいつ陥ってもおかしくはない足手まといな余計者の生への退行と見なされ、これを新しい門出として祝福するだけの余裕や情熱を家族に求めても、それは難しい。

健全な生からの転落過程で、グレーゴルは食欲の変調など、移行期のさまざまな不調に悩まされるが、言語的な思考能力だけは息絶える寸前まで失わない。虫に変身したことで、あらためて強く自覚した感慨も、勤め先へのうらみつらみや、かわいい妹への愛着など、けっして少なくない。ところが、悲しいかな、人間的な関わりを最低限担保するはずの声が時とともに損なわれていく。最初はなんとなく伝わっていたらしい言葉が聴きとどけられなくなっていく。

「動物の鳴き声でしたな」──家族が言葉にするよりも前に、あわてて様子窺いにやってきた会社の業務代理人が、聴く耳を持たない自分のことを正直に告白する。家族はしばらくのあいだグレーゴルの声を人間の言葉として受けとめようと心がけるのだが、それも時間の問題だった。伝わるはずの言葉が家族に対してさえ伝わらないことをグレーゴルは思い知らされる。「害虫的な生」の悲惨さのひとつとしてカフカが強調するのは、なによりもこの言語的な孤立だ。

伝達可能性がないとわかると、ひとはめっきり無口になる。また、両親や妹らの挙動は「この家族ときたら、えらく静かに暮らしているなあ」とグレーゴルがあきれるほどだ。しかし、だからといって聴き耳を立てているかもしれないグレーゴルの存在が家族の脳裏を去るわけではなく、彼がちょっと音を立てただけで、全員が息をひそめるほどだ。「こちらの言うことが通じればなあ」と、的外れな希望を口にする父親は、ただ絶望しているのではない。そう言葉に出すことで、あわよくば、グレーゴルにあてつけようとさえしている。家族の交わす会話のひとことひとことが、グレーゴルに対するあてこすりとなって、彼を消耗させる。あてつけと盗聴からなりたっている家庭生活のいたたまれなさは、グレーゴルが完全な虫になったのであれば避けられた悲惨さだ。思わず自分の分け前にはあずからない言葉を耳にしてしまう幸福や不幸。逆に、思わず耳に入れたくない言葉を聴かれてしまった人間たちのあせりと開き直り。

この短篇のなかで、グレーゴルに聴解能力だけが残されることは、きわめてドラマチックな効果を生んでいる。「あれがグレーゴル兄さんだっていう考えを捨てればいいのよ。こんなに長いあいだそう思ってたのが、わたしたちの不幸の元よ。だいたい、あれがグレーゴル兄さんなわけある？　もしあれがグレーゴル兄さんだったら、もうとっくに、人間があんな動物と共同生活するには不可能だと悟って、自分からいなくなってるわ」という決定的なグレーテの科白(せりふ)が演劇的な効果を最大に発揮するよう、カフカはその条件を序盤から周到に整えているのである。崖っぷちに立たされた妹のこの言葉は、グレーゴルの「害虫」アイデンティティーを決定的にする。彼はこの宣告を戦慄とともに聴きとどけるためにそこまで生きながらえていたのだと言ってもいい。リンゴを投げつけるという物理的な攻撃にも勝る家庭内暴力がここで進行する。その妹の言葉を耳にした時点で、グレーゴルは息も絶え絶えとなり、いまや空が白みはじめる明け方まで生き延びるのが精一杯だった。グレーゴルの死は「害虫」の死ではなく、あくまでも「害虫」扱いを受けた「人間」の死である。

『変身』は三人称小説で書かれて、だからこそ、話者はグレーゴルの死後の情景をも語りうるのだが、「害虫」に変身したグレーゴルの残された生を最後まで人間的に語っていく上でも、三人称小説の構造はきわめて効果的だ。つまり、その場で演じられるすべてのやりとりに耳を傾けながら、にもかかわらず、自在な発語をもって場面に介入することを徹底的に抑制されている話者の位置は、グレーゴルが追いこまれた言語的位置にかぎりなく近いからだ。

話者はかならずしもグレーゴルの内面をそのまま再現しているとは言いきれない。言語的な思考能力を残したグレーゴルの脳裏には、話者というような第三者にはとうていトレースのしようがない、まだまだ無数の思考が澱んでいたはずである。しかし、カフカはそういった終末期の人間の内面そのものの忠実な再現ではなく、終末期の人間をとりまく言語環境のシミュレーションの道具に小説形式を用いたのである。言語コミュニケーションの双方向性を保証されなくなった人間が、それでも言語能力を失わないまま生き延びることのドラマを、カフカは三人称小説という形で実現したのだ。

◆

変身後のグレーゴルの日常は、家庭内の言語活動に耳を傾けることに多くの時間が割かれているが、じつはそればかりではない。

なんの予兆もなくいきなり余計者の生を強いられる運命になったグレーゴルは、だからといって、たちまちせっぱつまってしまうわけではない。早朝出勤を覚悟していたところが、寝過ごした上に「害虫」への変身という不測の事態に遭遇した彼は、反射的なあせりに襲われながら、心のどこかでは予想もしなかった解放感を味わっている。会社のため、家族のために生きるという、価値を産みつづける生活から解き放たれ、いまこそありのままの生を生きることを許されたとでも言わんばかりの解放感である。しかも、虫がいいとしか言いようがないが、この思いがけない休暇が終われば、なにごともなかったかのように職場への復帰が可能だとさえ考えている。これはあくまでも労働力の再生産なのだと。

いきなりふってわいた休暇。家族とともに過ごす時間を惜しんではたらきつづけてきた彼は、自室で思いのまま、自由な時間を過ごすことができる。時間に拘束された状態での労働力の切り売りからなるセールスマン稼業とは性格を異にする余計者の生には、案外、独特の味わいがあるのかもしれない。そんなかすかな希望がこの小説になにがしかの明るさを与えている。少なくとも、もしむくつけき「害虫」に変身したのでなければ、彼にはもう少し悠々自適の生活が保障されていた可能性がある。せめてペットには許される程度の。

ともかく、はじめ、彼は変身前の生活からあまり多くをひきずらないまま、昆虫の身に甘んじている。食欲に関しては、変身前と変身後とでとくに大きな変化を実感しており、好きだったはずのミルクがなぜか食欲をかきたてない。食欲自体はしばらく持続しているが、嗜好だけは大きく変わって、「新鮮な食べ物」は「その匂いすら耐えられず、自分が食べたいものをずるずると引きずって少し引き離」さなければならないほどだ。逆に、がつがつむさぼりたくなるほど気に入ったのは、「二日前、食えたものじゃないと断言したチーズ」だった。過度の偏食が彼の新生活を特徴づけている。

もちろん、彼が変身以前から引き継いでこだわりつづけるものもある。たとえば、子供のころから愛用してきた家具がそうだ。あるいは、かねてから窓越しに戸外を眺めては解放感を味わっていた通りに面した窓（窓の向こう側には病院があったらしいのだが、変身して以降、視力が衰えて視界がぼやけ、そこは「荒野」にしか見えなくなっている）。そして、なによりも彼がしがみつこうとするのは、「絵入り雑誌」から「切り抜い」て、「きれいな金メッキの額縁」におさめた日の思い出だ。「毛皮の帽子」と「毛皮のボア」「毛皮のモフ」を身にまとった女性。「貴婦人」に感じたかすかな性欲とその余韻が、「虫けら」となった後にも彼を支配している。部屋の大掛かりな模様替えに着手した家族の動きを制するかのように、彼は「毛皮ずくめの貴婦人」にしがみつき、額縁の「ガラスに身体を押しつけ」る。そのひんやりとした感触は、彼に新しい性欲のめばえを実感させたかもしれない。彼の新しい人生はこの女性の幻を核として再構成されることになったかもしれないのである。どんなにたわいなく、一笑に付すべき欲望であったとしても、そうした性欲を抜きにした終末期が考えられるだろうか。グレーゴルの額縁への執着は、案外、彼にとって大きな生きる喜びに通じるものであったかもしれない。

それから、なによりグレーゴルに生命の充実を味わわせたのは、妹の弾くヴァイオリンだった。かねがね妹には音楽学校に通わせてまでヴァイオリンの腕前を身につけさせようと願っていたグレーゴルは、三人の男が部屋を間借りするようになって、とつぜん妹がヴァイオリンの腕前を披露することになった際には、ほとんど有頂天になる。「こんなにも音楽に感動しているのに、それでも動物なのか？」——周囲のひややかな目線に抗するようにグレーゴルは身を乗り出し、音楽を独り占めしようとする。自分ほど「演奏を聴かせがいのある相手は誰もいない」ことを誇示するかのように、生の充実に酔いしれる。そして、二人でソファーに並んで腰掛けたところで、とうとう妹の「首にキス」をするという夢想にとりつかれる。「毛皮ずくめの貴婦人」が彼の残された性欲をつなぎとめていたように、音楽は終末期に置かれたグレーゴルの生を一気に華やいだものへと変貌させるのだ。

ところが、その生命の華やぎ、絵画や音楽のような芸術作品によってかきたてられたあからさまな生への執着が、ことごとく周囲（とくに妹）をパニックに追いやるのである。普通ならばソファーの下に身を隠しているはずのグレーゴルが、額縁にしがみついて自己主張するありさまを目の当たりにして、グレーテはそれに同情と理解を示すどころか、兄の過剰な生をそこに見てとってしまう。ましてや、それがかりに妄想どまりであったとしても、「害虫」からすり寄られた妹は、その出来事がきっかけとなって、兄への決別と絶縁を宣言するに至るのである。

グレーゴルが座敷牢に閉じこめられながらも生きる証として選び取った行動は、ことごとく邪悪さの表現と見なされる。グレーゴルを死の方へとぐんぐん追いつめていくのは、他でもない家族たちである。家族はグレーゴルの延命に手を貸しているように見せかけて、口実さえ整えば、その存在を全否定し、死刑に手を貸すことを辞さない実働部隊として待機しているのだ。

自分の生が尊厳を持った生として扱われているかどうかを見届けようという、疑り深いグレーゴル。いかに身動きがならなくても最後の力をふりしぼって欲望に忠実に生きようとして懸命なグレーゴル。自分の分際をわきまえてはいるつもりでも、周りから邪険に扱われることに対する落胆と悲しみだけは一人前に持ち合わせているグレーゴル。そんなグレーゴルの隅から隅まで人間臭い行動は、グレーゴルの株を上げるどころか、その姑息さとはしたなさを証明するだけで、家族はもはやグレーゴルに対する人間扱いにめざめることはない。グレーゴルは、四六時中、家庭内に居座りつづけては、家族のふるまいを監視し、家族は家族でグレーゴルが常軌を逸した行動に走らないかどうかに戦々恐々としている。家庭内が耐え難いまでの相互監視の緊張に包まれる。家族がこの相互監視から解放されたいならば、グレーテが思い切ってそうしたように、グレーゴルに退場を勧告する以外にない。

こんなことなら、一家ははじめからグレーゴルをひたすら邪険に扱うか、街路にたたき出すかして、ひと思いに片づけてしまうべきだったのかもしれない。殺害可能(キラブル)な存在をなまじ飼い殺しにするという温情には、いつかほころびがくる。『変身』に「不条理」があるとすれば、虫への変身などという超自然的なことがらにあるのではなく、「害虫」をそれでも生かしつづけようとした家族の意思のなかにそれはひそんでいたのかもしれない。そして、余分に授かった残りの生をグレーゴルが主体的に生きようとすると、そのいちいちが家族の心証を害する結果になる。「不条理」はこの悪循環にあるというべきだ。グレーゴルの最晩年は、まさに骨折り損であったとしか言えないだろう。

しかし、このような終末期の生は、おそらくどこにでも転がっている。終末期の生はどう転んでも清浄なものではありえない。そこには過剰な欲望や、身勝手な思惑や道徳観念がこびりついている。「害虫」とはそれらの欲望や思惑によってもみくちゃにされる存在のことである。そして「害虫」が死んでいくときに残していく無念さは、「害虫としての生」がみずから引き受けなければならなかった「恥」だけではない。「害虫」をとりまいた殺人者たちの恥多きふるまいをもまた「害虫」はまるごと引き受けながら「恥」をまるめた団子のようになって死んでいくのである。「害虫」が撲滅されるたびに引き受け、身にまとうのはひょっとしたら万人の原罪なのかもしれない。グレーゴルから解放された親子の晴れ晴れした表情は、そうとでも考えないことには説明がつかない。

その死とともに、もはやいまさら哀悼に時間を割く必要はないと考え、まさにその死とともに服喪期間から脱する、そのような人の看取り方があるだろうか。あるのである。ザムザ家の面々は、まさにグレーゴルが虫であった期間、あらかじめ喪に服していたのだった。である以上、その死に直面したからといって、あらためてしかつめらしい憂い顔を見せる必要などない。

◆

『変身』が書かれてからおよそ百年。先進国における医療や難病対策、福祉技術や社会保障は、日進月歩の進化をとげた。しかし、カフカは『変身』の冒頭で、母の思いつきを通してグレーゴルの回復可能性を医療のなかに求める道を仄めかしてはいるが、この方向での問題解決の道をはやばやと塞いでしまう。カフカは「害虫」としての余生を生きるべく運命づけられてしまった人間の原風景を描くことを、さしあたって優先したのである。負の烙印を負わされたもの、そしてそのような存在をかかえこんだ社会に、いったいどのような問題解決の道が与えられているのか。そして、「害虫的な生」

という生の様態はいったい排除可能なのか。カフカのその後の作品群は、これらの課題に向けられることになる。しかし、その前にカフカが先んじて試みたのは、いかなる社会保障制度や医療技術もカバーできない領域、そのすきまにいきなり居座るのを防ぎたいと思っても防ぎようのない魔の領域としての「害虫」に照準を定めることであった。

　カフカはユダヤ人意識にめざめたあたりから、ロシア周辺で頻発するユダヤ人虐殺（ポグロム）やユダヤ人の冤罪事件などのおぞましい報道に触れていた。普通に生きているだけで罪人扱いされ、「害虫」呼ばわりされる同胞の運命に無関心でありえなかった彼が、たとえ「ホロコースト」をまで予感していたわけではなかったにせよ、少なくとも彼は、昨日までの人間が、突如として「害虫」と名指される瞬間、そしてどさくさに紛れて処刑されていってしまう過程に、現代社会の落とし穴を見出していたことは確かである。それはユダヤ人だけの問題ではない。ユダヤ人をかかえこんだヨーロッパ世界全体の問題であった。

「不条理」とは一般性ではない。しかし、「不条理」は例外状況として遍在している。私たちは、いまなお世界の各地で無残に殺害されていくひとびとが、殺される前にあらかじめ「害虫」（＝生き残るべき多数者の敵）のレッテルを貼られたひとびとであるということにもっと目を向ける必要がある。「害虫としての生」の蔓延にどう対処するか。

　カフカは「害虫としての生」を注視せよと言っている。「害虫」を葬り去ろうとする衛生学（＝優生学）と、「害虫としての生」を「人間の生」から追放しようという衛生学（＝ＱＯＬの追求）は、共犯関係にある。「害虫」が「害虫」として、それなりの生をまっとうできる道をさぐること。それはきわめて困難な道であるが、私たちが終末期をしっかりと生き抜いていくためには、「害虫の生」もまたかけがえのない命であることがしっかりと理解されなければならない。いや、サラリーマン時代のグレーゴルにも増して、「害虫としてのグレーゴルは、ひとりの人間としてじつに豊かな晩年を生きたのだ」と、試みにでも口にしてみることが重要なのである。

恥辱死――『訴訟』

大学の学位を取得して間もない一九〇八年から、結核の悪化で長期的な療養が必要となる一九二二年まで、作家フランツ・カフカはプラハの労働者災害保険協会という半官半民の組織に籍を置くサラリーマンだった（一九二四年に四十一歳になる手前で死亡）。就業外時間を可能なかぎり文学活動に傾けようとはしたものの、家族関係や、いずれ新しく家庭を持つことになるかもしれない女性との将来に向けたやりとりにも膨大な時間を費やした。『判決』や『変身』など、生前に刊行された短篇、『失踪者』や『訴訟』のような長篇を構成するはずだった断片の数々は、そういった時間をきりつめた日常のなかから産み出された。労働力の切り売りからなっている会社勤めと、労働力の再生産に差し向けるよう期待されている休息時間の有効活用をめぐる孤軍奮闘、カフカの作品群はそうしたぎりぎりの時間配分から産まれた。

『訴訟』は、いわば、そういった作家カフカの置かれた生存条件をそのまま主題化した作品なのである。突然の変身にみまわれて、たちまち出社どころではなくなったグレーゴルとは違い、『訴訟』のヨーゼフは、逮捕後も、勤務を妨げられることはなかった。三十歳の誕生日の朝に逮捕されてから石切場で無様に処刑されるまでのまる一年を通して、彼は銀行勤めをつづけた。労働力の切り売りからなっている会社勤めと、労働力の再生産に差し向けるよう期待されている休息時間の有効活用をめぐる悪戦苦闘が、この未完の長篇では「訴訟」に巻きこまれた銀行員の司法との闘いとして形を変えて再現されているのである。

銀行勤めと、退社後の気ままな独身生活。逮捕に至るまでのヨーゼフの生活は、絵に描(か)いたようなサラリーマン暮らしだった。労働力の切り売りと再生産そのものである。ところが、いきなり「訴訟」という厄介事へと巻きこまれた彼は、生活スタイルの大幅な見直しを迫られる。

それまでのヨーゼフは、夜の九時くらいまで職場に残ったあと、「一人で、または銀行員たちと少し散歩。それからビアホールへ行って、指定席に腰を落ち着け、たいてい年上の紳士たちと、普段は十一時まで過ごす」のが通例で、「週に一度」は「エルザという名前の娘のところ」で羽根を伸ばしていた。ところが、逮捕を境にして、そんな私生活が一変する。それまでまるで関心の外にあった同宿のビュルストナー嬢のことがやたら気になってしかたがなく、逮捕当日のどさくさのなか、図らずも彼女のプライバシーを盗み見たことが、どうやらその原因らしい（こっそり目にした「海水浴場の写真」のことが脳裏に焼きついて離れない）。ヨーゼフの頭のなかでは、いちいちが気の重い「訴訟」

のことと結びつくことで光を宿す。おかげで、常連だったエルザのところへはめっきり足が遠のき、ヨーゼフが欲情をかきたてられるのは、裁判所で出会った人妻や、弁護士宅で意気投合した付き添いのレニを含め、「訴訟」との繋がりが予想される妖しげな女たちばかりになる。「訴訟」は、ヨーゼフの時間を拘束しただけでなく、その私生活にも大きな影響を及ぼした。

それでもはじめのうち、仕事だけは無難にこなしていた。私生活の範囲内でなんとか時間はやりくりできるように思えていたのである。ところが、しだいにそうも行かなくなる。逮捕当日に監視人だった二人が銀行の物置部屋で鞭打ちを食らう現場に行き合わせたり、取引先の工場主から裁判所に影響力を持つらしい画家を紹介されたり、仕事中にふとうわの空になったり、いつのまにか仕事と「訴訟」のケジメがつかなくなる。「仕事をしていると四方八方からミスを犯す危険が押しよせ」てくるし、「自分の訴訟が着々と進行し、屋根裏で裁判所の職員どもが訴訟関係の書類を読んでるってのに、銀行の業務をしろって？　裁判所公認の拷問じゃないか」と切れそうにもなる。執筆中の作品や婚約者とのことが気にかかり、日々の「拷問」に苦しめられたカフカの姿が目に見えるようだ。そんなカフカの窮状が『訴訟』のなかに再現されていると考えることは、けっして的外れではないだろう。

銀行勤めは、ヨーゼフが自活していく上で欠かせない。しかし、物質的・経済的に生き延びるだけでなく、権利上、自立した生を営みたいのなら、問題の「訴訟」をうまく乗りきらなければ命取りになる。カフカにとって文学に身を投じることは、余暇の手すさびなどではなく、命がけの行為だったということだろう。逮捕に相当するなんらかの出来事を契機に、彼はあたかも「訴訟」に巻きこまれるようにして文学に首をつっこむことになったのである。

◆

『変身』がそうであったように、労働力の切り売りと再生産からなりたっているサラリーマンの日常を脅かすものとしてカフカが主題化するのは、ここでも、外からふりかかってくる予想外の災厄である。『訴訟』の場合は、それまで関わりなくすごしてきたはずの検察当局が、いきなり牙をむき出して襲いかかってくる。そして、逮捕後のヨーゼフは、日々のルーティンを着実にこなしながら、併せて、司法当局とは命がけで渡り合っていくことになる。

しかし、かりに外から降ってわいた課題にすぎないにせよ、わざわざ生活時間を割いてまで果たさなければならない活動なるものは、なにがしか社会的である。政治活動や社会活動であれ、あるいは身内の介護のようなことがらであれ、労働でも私生活でもない営為に関わるとき、それは必然的に社会的な意味合いを持つ。そもそもヨーゼフはみずからの救命を目的として動き出したにすぎないのだが、「私の逮捕と今日の審問の背後に、大きな組織が存在している」と言い、「この組織が雇っている」なかには「もしかして処刑人だっているかもしれない」との疑念を投げかけて、「その組織の役目は何でしょうか?」と、その「腐敗」を問いつめる。おかげで、そんなヨーゼフを見た裁判所関係者の妻からは「ここを少し改善なさりたいのですよね？」と買いかぶられる。はじめは私憤を晴らすだけであったかもしれない助命・救命活動が、同時に社会的な不正を正す闘争として意味づけられることになり、そこからふつふつと湧きあがった自信と思い上がりが、ヨーゼフの「訴訟」への関わりをがぜん前向きななにかに変えていくのである。

　すんでのところで第二次世界大戦下のヨーロッパを抜け出し、合衆国で戦争を生き延びたハンナ・アーレントは、ニューヨークのショッケン書店で編集の仕事をしていた際に『カフカ全集』や『日記』の出版（一部、英訳を含む）にも関わった一流のカフカ読みだが、『全体主義の起原』のなかでも「ホロコースト」後の『訴訟』理解の一例を示している――「現代の難民は何らかの行為もしくは思想のゆえに迫害されるのではなく、生まれによって定められた変更の余地のないことを理由に迫害されている。〔中略〕彼らは迫害を加える権力の目から見てさえ罪なき者である。〔中略〕われわれの時代においては絶対的な無権利が絶対的な潔白に対する刑罰であることが明らかになった。」

　いかなる市民権にもアクセスできない「無権利」の状態に置かれ、最後は「人権」に訴え出るしかない難民の解放と状況打開を視野に入れて、難民救済の思想基盤の整備に深く関わったアーレントならではのカフカ理解の谺(こだま)をここには聴くことが可能だ。難民は、異郷の地でみずからを生かすための努力の一環として、ホスト社会の正義に訴える行動(アクション)を怠るわけにはいかない。けっきょくは、その志も空しく、小役人の手にかかって心臓を抉られるヨーゼフではあるが、そのヨーゼフと「訴訟」との関わりのなかに、アーレントは難民の置かれた苦境とともに、そこに仄めかされているかすかな希望の糸を透かし見たはずである。「絶対的な潔白」が「絶対的な無権利」によって処遇されるという不条理を描いた寓話として『訴訟』を読む可能性はいまもなお開かれている。突然の変身によって社会との関わりを一瞬にして断たれたグレーゴルは、身体的な衰弱に身を任せていくしかなかったのだが、ヨーゼフには末期の生の一部を多少なりとも社会活動に結びつける余地が残された。作家カフカにとってもまた、これは大きな前進であったと言えるだろう。

もちろん、この読みに従ったとして、けっして『訴訟』が絶望的な物語であることを免れるわけではない。自己救命活動を通して、裁判所の「腐敗」の告発をもくろむヨーゼフの企ては、果てしなく孤独な闘争にとどまりつづける。「集まって何かしようと思っても、裁判所にかかったら無駄に終わります。〔中略〕何かできるのは、一人でコソコソやったときだけです」——被告仲間とも言える商人ブロックが分け与えた経験知は、いっそう被告たちの孤立を浮き彫りにするばかりで、ヨーゼフの活動はどこまでも個別行動にとどまるのである。

法は万人に等しく適用されるように設定されている。しかし、法に触れた者は、ひとりひとり別個に法とのインターフェイスを迫られる。「掟の門前」の伝説においても、田舎者の男がひとり合点の「思い違い」をしていたように、「門」が一般公衆に向けて無差別に開かれているというのは錯覚にすぎず、それは特定の個人の前にひとつずつ開かれているのだ。被告が個々の「訴訟」を通してしか司法との関わりを持てないように、である。『訴訟』は、とどのつまり、アーレント的な希望の手前で閉じている。

ヨーゼフの「絶対的な潔白」に焦点を合わせるアーレントの読みを一方の極に置くなら、ヨーゼフがみずからの「有罪性」に思い当たらないことにこそ、この悲喜劇の主題が置かれているという、もうひとつの読み（広い意味でキリスト教的な読み）が、これに対置できるだろう。

◆

カフカが読者泣かせな不条理作家と見なされる大きな理由のひとつは、主人公に襲いかかってくる災厄をめぐって、その理由がどこにも明かされず、宙ぶらりんのまま放置される点にある。グレーゴルの変身がだれの目にも原因不明の怪事であったように、ヨーゼフの場合も、当人になんの嫌疑がかかっているのか、その逮捕の原因が本人にも、読者にも明らかにされない。裁判所の側が逮捕の理由を明言しないというだけではない。ヨーゼフ自身もまたみずからの「潔白」を主張するばかりで、良心に照らしながら過去にさぐりを入れる意欲を持たないのである。「うちの役所は〔中略〕人の罪をわざわざ探したりはしないんですよ。自然と罪に引き寄せられるんです」と言い放つ監視人や、「自分は無実だと思うだとか、そんなことで大騒ぎするのはやめておけ」とけんもほろろの監督官の目の前で、ヨーゼフはどこまでも「感情」の導くままに理屈をこねあげて、自己救命に奔走するのである。大聖堂で声をかけられた教誨師に向かって「そもそも一人の人間をつかまえて有罪だなんて、おかしいですよ。私たちみんな同じ人間じゃないですか」と凄んでみせたあげく、「有罪の人間はよくそんなことをしゃべる」と切り返されてしまう。みずからの逮捕劇をすでに「誰かが〔中略〕中傷したに違いない」のひとことで片づけてしまった冒頭からして、この小説を不条理に見せているのは、他でもない、ヨーゼフにおける一貫した良心の欠如なのである。

『死刑文学を読む』のなかで、ドイツ文学者の池田浩士氏は「死刑囚の側から死刑を描いた小説」のひとつとして『訴訟』を読む着想を語っている。「ヨーゼフ・Kというのは全く自分が様々な罪を犯しているのにその罪の意識がない、つまり加害者としても生きているのに、まるでもっぱら被害者であるかのように、被害者感情だけで、理不尽だ、理不尽だと言っている」、そんな男として読めるというのである。そして、「この小説を死刑囚の小説として読むと、死刑制度というものは、全くある意味で無効だということも、この作品に描かれてしまっている」——つまり、死刑制度が被告の目を開かせるどころか、被告をますます強情へと走らせる一例として、ヨーゼフの例を見なすことができるというわけである。なるほど、ヨーゼフにおける良心の欠如は、「恥」に塗(まみ)れた最期に至るまで、まるで改まろうとする気配がない。キルケゴールを愛読していたカフカであるから、罪意識に関わる人間の絶望に無関心であったとはとうてい考えられないのだが、少なくともヨーゼフにはそのような性格づけがなされていない。

もちろん、ヨーゼフにも子供じみた形での「罪」の観念はある。逮捕騒ぎで、断りなしに部屋を荒らしたことに、なにがしかの責任を感じているヨーゼフは、「それでお詫びしたいと思いまして」と口火を切ることでビュルストナー嬢への接近を試みるし、監視人として下宿に派遣されてきた二人の小役人の越権行為を法廷で暴き立てたと思ったら、こともあろうにその監視人二人が素っ裸にひんむかれて、鞭打たれる現場に行き合わせ、そのときの彼は、みずからの密告がもたらした波紋の大きさにうろたえ、救済の手を差し伸べようとしさえするのである。間借人のひとりであるビュルストナー嬢の素行を怪しむ女家主の詮索癖や「中傷」にむかっ腹をたてるのも同じヨーゼフだ。ところが、そうした些事にはやたら敏感なのに、自分を「死刑」へと導いてゆく「中傷」のなんであったか、自分にどのような「罪」が問われているのかに思いを馳せることには、からっきし意欲を示さない。叔父の紹介した高齢の弁護士に愛想を尽かし、契約を解除した後、過去を洗いざらいふりかえる請願書の作成に自力で立ち上がろうと決意することはあっても、けっきょくは二の足を踏んで、その作業は前に進まない。

さらに、カフカは、ヨーゼフの性格設定において「罪」の意識に重きを置く方法をとらなかったばかりではない。司法のはたらきについても、被告の「罪」を明白にした上で改悛を迫るというような役割はもっぱら教誨師任せで、所定の手続きに従って滞りなく「訴訟」を処理することしか頭になく、最後は小役人を処刑に当たらせて決着をつけるのが司法当局であるという描き方をしている。「罪」や「罰」といった観念は、小説を通して、完全に舞台裏に追いやられ、主人公は逮捕から処刑まで、司法当局が法による自己正当化とともに行使する暴力の前に（だけ）むき出しのまま晒されるのである。「処刑人が一人いたら、それだけで裁判所はまるごと用済みだ」と吐き出すように言うヨーゼフは、自分を取り巻く現実を直視している。

みずからの「罪」に誠実に向き合おうとしないヨーゼフもヨーゼフだが、動き出した「訴訟」を前へ進めること以外になんの関心も払わない司法当局もとても自慢できたものではない。このような「訴訟」のプロセスに召喚された一人の人間の「恥」に塗れた死。「恥」は積み重なった「恥」に上塗りされていくばかりで、救いがない。『道徳の系譜』のニーチェであれば、「やましさ」に取り入り、つけこもうとする懲罰制度のなれの果てと喝破したに違いない事態が着々と進行してゆく。虫に変身した青年の最期をめぐる古い短篇の枠組が、『訴訟』において再利用されたと言えるのかもしれない。「害虫」の死が、ここでは死んでいく当人に「犬のようだ！」と叫ばせる救いようのない野垂れ死にとして、より壮大な形で変奏されている。

◆

『訴訟』は、ヨーゼフが逮捕されてから処刑されるまでの「プロセス」を描いた小説である。グレーゴルの変身から臨終（および、その後日譚）までを描いた「変身」に比べて、希望と絶望の間を往き来する主人公の浮き沈みは激しい。初回の法廷で大演説をぶちあげ、爆弾発言とともに退場したかと思えば、二度目の裁判所訪問では、重症の「船酔い」に苦しめられる。

閑散とした屋根裏を職員に案内されながら、ヨーゼフは「路上で物乞いをするような姿勢」の被告たちを目の当たりにする。ぺこぺこするその姿に彼は「プライドってものがないのか」とむかっ腹を立てるのだが、裁判所の職員は「被告人はたいてい、あんなふうに打たれ弱いんです」と言う。そうこうするうちに、屋根裏の空気の悪さもあいまって、ヨーゼフはそこにいる自分が耐えられなくなるのだが、それを眺めていた職員らは、「次の瞬間にもKが何やら大変身をするから、見逃さないよう注意して見守っていなければと思っているみたい」な視線を浴びせてくる。「訴訟」に関わり、裁判所に出入りするようになったヨーゼフのからだは、いつ暴発を起こさないともかぎらない。そして、本人には「船酔い」と自覚されるものが、周囲の人間には「大変身」の前触れとして受け止められるのだ。

逮捕後のこうしたヨーゼフの身体的な変容を、弁護士フルトは「被告人というのは〔中略〕見る人が見たら、本当に輝いて見えるものなのです」と、ヨーゼフをからかってみせる。弁護士に仕える付き添いのレニがやたらヨーゼフの気を引こうとする理由をそう説明したまでだが、『訴訟』という小説の滑稽なまでの悩ましさのひとつは、逮捕後のヨーゼフをとりまく性愛的なものに過剰なまでの関心が払われる点にある。「おれの顔に、助けてくれる女の人募集中とでも書いてあるのか」と自分でもふしぎに思っていたし、それがまんざらでもなかった。そして、教誨師からは「おまえは他人の助けをあてにしすぎるのだ〔中略〕しかも、やたらと女の助けを」と、ずいぶんな皮肉を言われる。しかも、ヨーゼフは、これに怯むどころか、むしろ強く反論する──「女ってのは、大きな力を持ってるんです。私が知っている女を何人か動かして、私のために共同で働いてもらうことができたら、きっとうまくいくはずなんです」と。複数の女性を束ねることによって、それを力に変えることができるかもしれないとは、これはほとんど妄想だ。ある意味、熱に浮かされている。『訴訟』が悪夢に似ているのは、ヨーゼフ自身が玩ばれながら、しかも夢を玩ぼうとするからである。

ともあれ、逮捕前の「罪」をさぐりあてようともせず、原初的な「加害」に向き合うことをはなから無用と考えているヨーゼフは、見えないなにものかに生殺与奪の権利を掌握されながら、手当たりしだいに救いを求め、ひたすら現在を生きる。「罪」を意識することで、良心の迷宮のなかに迷いこんでしまうというのとはまったく位相が違う。「卑屈」であったり「神経質」であったりするのでもない。海上の木の葉か小舟のように玩ばれ、生殺与奪の権利を見えないなにものかに握られているという意味では、むしろ、快癒を求めて医療にすがりつく患者の姿に近い。「訴訟」は「闘病」に近いのだ。『訴訟』を「死刑囚の側から死刑を描いた小説」として読みたいなら、そのときは、ヨーゼフが生きた「プロセス」のこうした全体に注意を払うべきだろう。「訴訟」に「巻きこまれ」、そこから「身を守る」ということは、不意に襲いかかってくるやもしれない「変身」の予感にさらされながら、なんとか好機をつかもうとして努力することである。

叔父に紹介された弁護士に愛想を尽かしかけていたヨーゼフは、取引先の工場主から画家を紹介される。司法業界専属の肖像画家として、広い人脈を有するという触れこみの画家である。ヨーゼフは、不治の病にとりつかれた人間が藁をもすがる思いで専門医を訪ねるようにして、画家の住む郊外の屋根裏部屋に直行する。

そこで、彼は画家から「訴訟」に巻きこまれた被告が最悪の事態に陥らないための方策として、三つの選択肢を提示される。ひとつは「本物の無罪判決」であり、そのとき被告は逮捕前の状態に復帰できる。無罪放免だ。しかも、「訴訟」関連のすべての文書が消去されるという。病気の喩えで言うなら完全治癒にあたるだろう。ただ、「無罪判決は一度もない」と、画家は言う。

残る二つは、「見せかけの無罪判決」と「引きのばし」である。いずれも対症療法には違いないが、「見せかけの無罪判決だと、短期間すごく苦労する」のに対し、「引きのばしだと、そんなに苦労はしませんが、ずっと長いこと苦労しつづける」という違いがあるらしい。ただ、いずれもが「被告人が有罪判決を受けない」ことを可能にはするのだが、裏を返せば、これらの方法にすがることは自動的に「本物の無罪判決を受けられない」ことにしてしまう。釈放と再逮捕をくり返すおそれのある「見せかけの無罪判決」も、ひたすら判決までを長引かせる「引きのばし」も、「訴訟」との関わりが最後の最後まで断ち切れない点では同じである。

ヨーゼフは、このような「プロセス」に組みこまれたみずからの精神や身体を、どこまでもひきずって歩く覚悟で前へ進まなければならない。『訴訟』にどこかしら「闘病の文学」とも呼べるような憂鬱さがたちこめているのは、こうした形式的な類似があるからである。病気と闘うことは、不当な逮捕との闘いにかぎりなく近い。「闘病」とは正体不明の力と闘うことである。そのさい頼りになるのは、疾病という正体不明の力との闘いに手馴れた経験を有する医師群である。「訴訟」と闘うのに司法関係者の手助けが不可避なのと類似している。しかし、その筋のプロである彼らがほんとうに当事者の味方であるかどうかは、だれにもわからない。彼らに下駄をあずけて依存するということは、見ようによっては、生殺与奪の権利をそっくり相手側に委ねることでもある。彼を逮捕する権力として姿をあらわした裁判所に対して、はじめのうち意気軒昂に対決姿勢を示していたヨーゼフが、しだいに司法関係者の権威にすがりつくという自己矛盾に陥っていく結果として、その「訴訟」との闘いは、かぎりなく「闘病」に近づいてしまうのである。そして、いつのまにか、被告は裁判所に抗して、司法関係者とともに闘うことになる。患者が医師の助けを借りながら、医師と共闘して病気と闘うばかりでなく、医療システムとの闘いのなかにとびこんでいくことになるのと、そこも似ている。

『訴訟』の断片が書き溜められてから数年後、カフカは結核の宣告を受けて、まさに病との闘いに時間を持っていかれることになる。ヨーゼフ・Kの死が描かれた後にも、カフカは死を予感させるもうひとつの「訴訟」を生きたのだった。療養所（サナトリウム）を転々とし、一九一八年にはスペイン風邪で寝こんだこともある。その間、カフカは医師や家族ばかりでなく、多くの友人（とうぜん女性を含む）の助力を得た。『訴訟』を「闘病小説」として読んでみたい気持ちに駆られるのは、そういった作家の晩年が思い起こされるからでもある。

◆

カフカは死の瞬間を場面として描くことはあっても、死そのものにとりわけ強い関心を示すことはない。『訴訟』においてなによりも重要なのは、死に至るまでの「プロセス」と、その「プロセス」をくぐりぬけるなかでの諸行動が死後にまで痕跡をとどめ、現世に生き延びさせるなにものかなのである。

ヨーゼフは、最後は「ベタベタするものにくっついたハエの群が、足がちぎれるまでもがいている様子」を思い描くしかできなくなる。もちろん、ハエたちにはハエなりの生がひとつひとつあった。蜘蛛の巣にかかってもなおもがきつづける末期の生もあった。そこには性愛的な領域すら残されていた。性愛的な欲望を介して状況打開が図れるかもしれないという虫のいい夢もあった。しかし、そうした見境のない悪あがきが、人間の場合には、その死後にまで生き延びる「恥」を確実に増大させる。

ただひとつの救いは、ヨーゼフが「恥」をたずさえて死んでいくわけではないということだ。「死んだあとも恥だけは生き残る」のだ。「恥」は「罪」のようにひとたび贖われてすむものではない。だれかがひとりでヨイショと背負えるようなものでもない。つまり、生き延びた「恥」は同じく生き延びたものたちが、引き受けなければならないのである。

カフカの没後二十年を記念したカフカ論のなかで、アーレントは、持ち前のカフカ観をふくらませながら、こう語っていた――「恥辱というのは、つまりこれが世界の秩序だということであり、彼ヨーゼフ・Kが犠牲者としてであれ、その秩序の従順な一員であったということである」。要するに「世界の秩序」の現状を恥じ、抵抗を試みながらもその「秩序」の圏域から逃れられなかったヨーゼフの生きた「プロセス」を恥じるべきは、他でもない、「世界の秩序」を前にした私たちだということなのである。

「掟の前」の挿話（『訴訟』に収められる予定だった断片のうち、カフカが生前に発表したのは、短篇集『田舎医者』に単独で収められたこれと「夢」の二篇だけだった）を読む私たちは、そこに登場する田舎から来た男を恥じることもできれば、ちゃっかり賄賂だけは受け取りながら、けっして男に門をくぐらせなかった門番を恥じることもできる。また、「掟の門」への入口が「おまえだけに定められ」たものだときっぱり語ることを門番に許した司法権力をもまた私たちは恥じることができる。『訴訟』を読む私たちがなすべきなのも同じことだろう。

いまを生きている私たちは、私たちが生かされているこの世界を恥多きものとみなさなければならない。

* アーレントからの引用は、『［新版］全体主義の起原②帝国主義』（大島通義・大島かおり訳、みすず書房、二〇一七、三一二～三一三頁）および『パーリアとしてのユダヤ人』寺島俊穂・藤原隆裕宜訳（未來社、一九八九、八三頁）からである。

** 池田浩士からの引用は、『死刑文学を読む』（川村湊との共著、インパクト出版会、二〇〇五）からである（一九二～一九三頁）。

失業者――『失踪者』

カフカは『判決』や『変身』を書き出す以前から、すでに「アメリカ小説」の構想を練っていた。当初はその遺稿をあずかったマックス・ブロートの与えた『アメリカ』の題で親しまれ、今では『失踪者』として知られる未完の長篇がそれである。

ドイツからロシアにかけて、東欧地域のアメリカ熱は、十九世紀から二十世紀初頭にかけて猛威をふるい、カフカの周囲でもアメリカで成功した親類など、少なくなかった。また同じころ、ユダヤ人社会では、パレスチナへの移住熱が高まる。カフカは文学作品のなかでユダヤ人問題に言及することを徹底的に回避したが、その「アメリカ小説」に「シオニスト的なパレスチナ移住」の夢が二重に埋めこまれている可能性を全否定することは難しい。少なくとも、カフカの後見人を自任したマックス・ブロートには、みずからパレスチナ移住を決断した経緯もあって、こうした読みに傾く確信犯的な傾向があった。

編集人ブロートの判断に基づき、『アメリカ』の題で刊行された初版の「あとがき」には、ブロートによる次のような回想が書きつけられていた。

何度となくかわされた会話から、私は「オクラホマの野外劇場」ということにある未完の一章、その導入の部分をカフカがこよなく愛し、感動的な美しさで朗読したこの章が最終章で、〔同小説が〕和解的な響きの中で終る予定であったことを知っている。

このあと、ブロートはさらに続けている。

カフカは微笑みながら謎めいた言葉で、彼の若い主人公がこの「無限とでもいえる」劇場において、職も、自由も、人からの支援も、いやそれのみか故郷や両親までまるで楽園の魔法によるかのようにもう一度登場するであろうとほのめかしていた。

この「アメリカ小説」の執筆時期が『変身』や『訴訟』と重なることを考えると、両系列のあいだの落差は謎めいて映る。「オクラホマ劇場」（「オクラホマの野外劇場」というのはブロートの思いこみによる原作にはない造語である）とはなんなのか。それは一種の理想郷なのか。それとも、「罪なき者」をも「罪ある者」をも等しく受け入れる死後の国のようなものか。正解をさぐることは難しい。

ただ、もうひとつ、私たちが念頭に置いておくべきものとして、死後刊行の『日記』のなかに次のくだりがある（一九一五年九月三十日）。

ロスマンとK、罪なき者と罪ある者、結局は両者とも区別なしに罰を受けて殺されてしまう。（TB 三五四）

『失踪者』に主人公が「殺される」場面が書きつけられた形跡はないが、『判決』といい、『変身』といい、カフカが自分の書く小説を主人公の死で終えなければならないという一種の固定観念にとらえられていたことは、無視できない。この一文は、さらに次のようにつづく。

罪なき者はいくぶん軽い手つきで、うち倒されるというよりはむしろ脇の方に押しのけられるといったふうに。（同前）

カール・ロスマンのような「罪なき者」さえもが、なにものかに「押しのけられる」運命にあるというのである。

『失踪者』はヨーロッパからアメリカに渡った一人の少年の話であると同時に、「軽い手つき」でひとをあしらう者たちの物語でもある。『判決』が息子の話であるだけでなく、息子に「溺死」を命じた父親の物語でもあったように。『変身』が「害虫」の話であるというだけでなく、息子の変身に困惑させられた家族の物語でもあったように。『訴訟』が処刑される銀行員の話であると同時に、彼を葬り去る司法権力の話としても読めるように。

ただ、一個の命ある存在を死に追いやる側がほんとうなら味わってしかるべき自己嫌悪や無力感を多少なりとも描くことにカフカは至って消極的であり、彼は、末期の生を生きる主人公の死にいたるまでの「プロセス」(そして、それを傍観者として無感動に見届ける名もなき群衆の気配)を描くことに、その本領を発揮したのだった。カフカは、ひとに死をもたらす側には、一度も身を置こうとしなかった(父の命令に即座に応じて、みずからを「溺死」においやる『判決』の主人公の自己処罰を除けば)。

◆

カール・ロスマンは、かならずしも親の愛情が薄かったというわけではない。ちょっとした不注意から家政婦と性的な関係を結ぶことになり、若くして一児の父となった彼は、突如、単身でのアメリカ行きを宣告されるのだが、渡米にあたって、父はパスポート取得の煩雑な手続きにしっかりつきあってくれたし、カールが携行したトランクは、父親が軍隊に行ったときに使ったお古だった。母は母で、トランクに詰める衣類を整え、貴重品を蔵えるように上着に「隠しポケット」を拵（こしら）えてくれた。トランクにサラミ・ソーセージをこっそり忍ばせたのも母である。

そして、ハンブルク港まで見送りに来てくれた両親（とくに父）から、カールは「手紙を寄こすようにいわれ」、カールはカールで、両親の愛情に遠くからこたえるかのように、両親の写真に思わず見入ってしまい、「顔を写真にすりつける」晩さえあった。

とはいえ、カールは自分がなぜアメリカに送られなければならなかったかについて、少しも納得がいっていなかった。「窓辺で母からアメリカ行きをいわれた」瞬間を、彼は「あの恐ろしい夕方」として記憶しており、「決して手紙など書かないと心に誓った」その日の自分に忠実でありつづけようとした。

カールの両親の側でも、息子を新大陸に送り出すことが、そもそもの本意ではなかっただろう。しかし、ほとんど衝動的な思いつきが彼らにそういう措置を選ばせた。息子の将来を案ずる気持ちは鎮めようがなかったが、ニューヨークに到着したカールが少しでも安心して生きられるためにはどんな準備が必要かというところにまでは知恵がまわらない。ニューヨークで巨大な運送会社を経営し、羽振りのいい生活をしていた母方の伯父によろしくと手紙を書いて寄こしたのは、父や母ではなく、カールの子を産み落とした家政婦のヨハンナだった。もしも「わが子の父親にたいする愛情」を思い切った行動で示した家政婦の計らいがなければ、カールはそれこそ伯父が呆れたように「ニューヨークの港町の横丁あたりでくたばって」いたかもしれないのである。

『失踪者』は、要するに、親が子を棄てる話である。カールの両親は、ハンブルクでの別れ以来、もう二度と息子との再会を実現できないかもしれない。ニューヨークに着いてからしばらくは、カールの近況が伯父から書き送られた形跡があるにせよ、カールはその伯父からも、けっきょくは「放逐」される。カールの両親の「無責任きわまる仕打ち」を難じたはずの伯父だが、その伯父もまた、同じ無責任さでカールを自分から遠ざける――「今後、決してわが前に現われないこと。手紙も、使者も許さない」というのだ。

　血の繋がった肉親のカールに対する態度の二面性。庇護者としての愛情や責任感にあふれるふるまいと、掌を返したかのような責任放棄。カールは後にエレベーターボーイとして就職したホテルにおいても「カッとした人の口から洩れたひとことで、すべてが決まる」という最悪の事態に遭遇することになるが、パターナリスティックな存在が示す突発的な強権発動の結果として、主人公はなんども「脇の方に押しのけられ」、そのつど、よるべない境涯へと突き落とされる。

　カールは親から授かったトランクをお守りのように大切にしていたが、下船時のどさくさのなかで、こともあろうにこれを見失ってしまう（両親の写真や、船内で一口齧っただけのソーセージごとである）。後日、トランクは無事カールのもとに戻ってくるが、安心した矢先に、こんどは両親の写真を紛失してしまう。そして、とうとうホテルを馘（くび）になった朝には、トランクはもとより、「隠しポケット」におさめてあったパスポートごと、上着までも打ち捨てて、その後はもはやホテルに戻ることなど、考えようともしなくなる。

ニューヨークに着いた直後、カールの身元引受人になってくれた伯父は、「ヨーロッパからアメリカに来たての最初の日々は、新しい誕生と似ている」と、自分自身の移住当初をふり返りながら語って聞かせたが、カールは一気にアメリカで生れ変わったわけではない。しばらくは旧大陸の記憶をひきずりつづけ（父親のトランクはその象徴だ）、なにより、旧大陸の人的コネクションによってたびたび命拾いする。『失踪者』は、両親や伯父からすれば、一気にカールを厄介払いにする話なのだが、「脇の方に押しのけられ」そうになっては屈強に踏みとどまるカールの立場からすると、そうした試練の数々は、「失踪」途上のエピソードのひとつひとつにすぎない。

◆

カフカがハプスブルク帝国時代のプラハに生れ育ったユダヤ系ドイツ人であるという事実は知られている。公教育はもっぱらドイツ語で受けたが、家庭では使用人とのあいだでチェコ語の会話を交わす機会が少なくなかったはずだし、労働者災害保険協会での仕事においても、チェコ語の会話能力が無駄にはならなかっただろう。それを考えると、『訴訟』の舞台をプラハだと考えた場合、そこでの会話のはしばしがチェコ語であった可能性を考慮せずにすませることは難しいだろう。それこそ、最初の審理にあたって部屋をいっぱいに埋め尽くした傍聴人のざわめきのなかには、確実にチェコ語のつぶやきや怒号がたちこめていたはずだ。同じことは、最後の長篇『城』についても言え、かりに「城」の役人がドイツ語を常用していたのはやむをえないとしても、宿屋や居酒屋に集まる村人はチェコ語で会話していたと推測する姿勢が、チェコのドイツ語作家カフカの小説を読む場合には有効であるように思う。

しかし、カフカがチェコ＝スロヴァキア建国前のボヘミアにおける言語事情に関して、いっさい明示的に言及することがなかったこともまた事実である。彼はハプスブルク帝国の多言語性を表面化させることで文学的成功をめざすことはなく、これは東欧ユダヤ人のいりくんだ言語環境についても同じであった。

ところが、『失踪者』は違った。舞台がアメリカであるということが大きく影を落としているのだろうが、この長篇には、登場人物の言語使用に関して、細かな言及が再三くり返される。

ハンブルク―アメリカ航路の船内では、ドイツ語が幅を利かせていてなんのふしぎもないが、機長がルーマニア人であるというだけで、「船の中がルーマニア語だらけになったとしても、そのほうが万事うまくいくかもしれない」というやけくそな思いを、カールは火夫の胸中に読み取っている。

一方、船内までカールを迎えにやってきた伯父のヤーコプは、エドワード・ジェイコブの名前で合衆国への帰化をすませていたとはいえ、そもそもは新参者のドイツ人であったわけだから、船長らとドイツ語で話すのは一種の礼儀、もしくは気晴らしのようなものであっただろう。しかし、カールを連れて上陸してからの伯父は、「英語の習得」が「何よりも重要な課題」だと、語学教師の手配までしてくれ、カールを言語的に自立させようと懸命だった。おかげで、伯父と同じドイツ系である可能性の高いポランダー氏やグリーン氏との会話も、カールは英語でこなせるまで上達し、伯父の庇護を離れた後も、カールはフランス人やアイルランド人を自称する怪しげな男たちと英語でなんとかやっていくことができた。

しかし、いまだ「トランク」をひきずりつづけていたカールは、ニューヨーク郊外の巨大ホテルで、ウィーン出身だという調理主任の女性に運良く拾われる。「出身は?」と訊かれて、「ボヘミアのプラハです」と答えたとたん、「やはり、そうだ」と叫んだ調理主任の言葉は「英語訛りの強いドイツ語」だった。両親や伯父との繋がりを断たれたカールではあったが、まだまだ同国人の絆が、カールを路頭に迷うことから救ったのである。バルト海沿岸地域のポメラニアからアメリカへ母とともに渡ってきたものの、呼び寄せてくれた父は「何もいわずにカナダに行って」しまい、「ニューヨーク東部の巨大な貧民街」でけっきょくは母親にも死なれて、孤児として育ったテレーゼが、ホテルに職を見つけられたのも、おそらく同国人の絆があったからだろう。カールがテレーゼと意気投合するのは、少なくとも境遇の面でお互いが分身のようなものであったからだろう。

このあとカールは、トランクやパスポートをうっちゃって、同国人の庇護から必死で逃れようとすることになるが、少なくともこの時点までのカールはまだ糸の切れた凧ではなかった。

カールは、フランス人とアイルランド人の二人連れとふたたび合流した時点で、ドイツ語ともドイツ人人脈とも無関係なアメリカのなかへ、こんどこそ裸一貫で放り出されるのである。

フランス人とアイルランド人の二人組が、女性歌手のヒモになって住み着いているニューヨーク郊外の住宅地は、雑然とした一角である。「いろんな古着を肩にひっかつぎ、うかがうように家々の窓を見つめながら何やらどなって」いる行商人がいるかと思えば、「鼻のつぶれた若い男が〔中略〕聴き耳を立てて」いたりもする。カールを不審者と見るパトロール中の警官もいれば、往き来する「荷物運びの連中」は「まるでわけのわからない〔中略〕スラヴ語のまじった英語」で「わめき合って」いる。

『失踪者』のなかで、カフカがアメリカらしさを強調する箇所（カフカ自身はアメリカを知らなかったため、執筆にあたっては、アメリカを知る身内からの身辺情報や各種文献に依拠したとされている）は数々あるが、アメリカがいかにヨーロッパ生れの新参者にあふれかえる土地であるかを描くことに、カフカはきわめて前向きだ。登場人物の名前も、門衛主任がいかにもロシア人っぽいフォードルだったり、ボーイ仲間のひとりがイタリア風のジャコモだったり、多民族的なアメリカを描こうという野望は、「オクラホマ劇場」の求人に集まってくるひとびとの描写からも明らかである。そこではカールが「ネグロ」などという冗談のような名前を名乗ったりもするのだ。

ヨーロッパからやって来た移民がアメリカ人として新しく生れ変わる。それが伯父ヤーコプの言う「新しい誕生」の意味であったとして、一方でバラ色のアメリカ・イメージに救いを見出しながら、しかし深層では、いつ「軽い手つきで脇の方に押しのけられる」ことになるかもしれない自分を想像しないでおれない移民を、カフカはここでは丹念に描こうとしていた。

アメリカに渡った移民のなかにも「新しい誕生」を首尾よくくぐりぬけた幸運児がいるにはいただろう。エドワード・ジェイコブ氏は、どうやらそのひとりのつもりらしかった。しかし、なんどもなんども「軽い手つき」で払いのけられそうになっては、それでも必死に生き延びるひとびとの絶望と抵抗心の上にこそアメリカの繁栄がなりたっていることにもまた、カフカはきわめて自覚的だった。

◆

ひとが商品経済のなかで生き延びていくのに、おおまかにいって、道は二つしかない。賃労働によってみずから生計を立てるか、だれかに寄食(パラサイト)するか、そのいずれかだ。

『変身』は一家を支えていた青年がとつぜん居候風情となって、反対に家族から養われることになる話だったが、『訴訟』の銀行員は処刑の晩まで生活に不自由することはなかった。そして、もうひとつの『失踪者』は、主人公カールがサバイバルのために試行錯誤をくり返す物語である。

伯父からの全面的支援を一瞬にして断たれたカールは、機械修理工の口があるかもしれないと仄めかす二人組に、まずは乗りかかった船で、だまされた気になり、ともに徒歩旅行に出る。しかし、信用のならない二人に愛想をつかしたカールは、幸運にも、ホテルのエレベーターボーイの仕事にありつく。おかげで一時はならず者の二人組からたかられるほどの収入を保証されるのだが、しかし、その労働条件はけっして甘いものではなかった。近代社会が人間に提供する職場は、しょせん「一時しのぎの職」どまりで、とくにエレベーターボーイごときは「全従業員のなかのいちばん下のクラス」に属し、「いつでも取り換えがきく」わけだし、「二十歳をすぎると自動的にお払い箱になる」という危うさだ。

最後にカールの首を切ることになるボーイ長は、「かつてはエレベーターボーイだった」ばかりか、「エレベーターボーイの組合をつくった張本人だった」というのだが、出世街道をつっ走ってボーイ長の地位まで昇りつめると、こんどは「元エレベーターボーイであったからこそ、よけいに規律を厳しくして引きしめる」といった傾向が強まる。

このような近代的な労働環境のなかでのねじれた人格形成は、アメリカに限らず、プラハでカフカが日々触れてきた現実も似たり寄ったりであっただろう。そこでは「正義」よりもはるかに「規律」が優先される。しかも、「正義」に訴えかけてみずからの立場を守ろうとした労働者が、いつのまにか「規律」の重要性を認める管理者側の理屈に丸めこまれてしまう。自己弁護を試みる労働者の論理構築のあやふやさについて、カールはすでに上陸前から火夫の態度を見ることで、身にしみて実感していたはずである。

そして、みずからも雇われる側に身を置いてみて、いかに被雇用者が単なる監視対象へと引き下ろされた屈辱的な存在であるかを痛感するのだ。労働条件の苛酷さもさることながら、人間性の剝離がなによりも耐え難い。即決の解雇処分に対してカールが思わず抵抗するのは、ポストへの執着でもなんでもなく、労働者があたかも排除されるためだけに存在するかのような事態そのものに、やり場のない憤りを覚えたからである。

ところが、気を許しあったはずの友人テレーゼは、思いがけず、あっけらかんとしていて、ホテルを馘になったくらいでくよくよするなと言う。調理主任に至っては、さきまわりして、次の勤め先まで心当たりをさぐってくれるのだ。

「こんなにうまくいって、うれしくないの?」

「うれしいよ」

カールはテレーゼに対して開いた口がふさがらない。

泥棒として追い出されるのに、どうしてうれしいことがあるだろう、とカールは考えた。テレーゼの目はよろこびで輝いていた。カールが何か悪事を犯していようと、いなかろうと、裁きが正しかろうと不正であろうと、また汚辱にまみれていようと、名誉につつまれていようと、ただ逃げられさえすればテレーゼにはどちらでもいいのだ。

どんな雇用にも「汚辱」にまみれた解雇の予感はつきまとう。それでも、生きるためにはなんとかして「働き口」をみつけなければならない。ホテルを飛び出してから後も、カールはこのことで煩悶しつづける。

フランス人とアイルランド人の二人組の後ろにくっついて、歌手ブルネルダにかしずき、卑屈に仕えるばかりという生活は、カールには、はじめ、伯父のもとで「原則」に縛られながら生きるのと同じくらい「奴隷」的な暮らしに思われた——「いまここにもち出されたおぞましい仕事とくらべれば、ほかのどんな働き口だっていいし、たとえ何にもありつけないとしても、ここにいるよりはましである」。ここには、経済的には完全に主人に依存しつつ、その代わり、主人の顔色を窺いつづけながら生きるという「奴隷」的な暮らしには生理的な嫌悪をすらおぼえ、ひたすら実入りを約束してくれる「働き口」を求めるカールがいる。

そのカールは、ふと目に留めた「オクラホマ劇場」の要員募集ポスターに、目ざとくさぐりを入れる。「われと思う者は来たれ！　条件不問！　芸術家志望者歓迎！　あらゆる人材を求め、生かす劇場なり！」とあるにもかかわらず、ポスターのどこにも「報酬がしるされていない」ことが「大きな欠陥」だというのである。「報酬がしるされていない」ことにこそ、ひょっとしたら「オクラホマ劇場」の革命的な新しさがあるかもしれないのにである。市場経済・貨幣経済の外部をめざす自給自足的な共同体を予感させるなにかが「オクラホマ劇場」にありえたとしても、そこにまでカールの考えは及ばない。

少なくとも、カフカは賃労働にすべての希望を見出していたわけではない。「規律」偏重の労働環境に対する違和感は、役所勤務のなかで徐々に培われた可能性が高いし、婚約と婚約破棄を重ねたフェリーツェとの書簡のやりとりのなかでも、カフカは、ユダヤ人戦争難民の保護やケアに関与することの重要性を説きつづけていた。ましてや、カフカが結核を患って職場を辞めた後に満を持して着手する最後の長篇『城』では、まさに貨幣経済・市場経済を超越した世界が描かれることになるのである。

『失踪者』には、「オクラホマ劇場」をめぐる一節以外に、さらに小さな断片が残されている。いつのまにか、フランス人とアイルランド人の二人組は姿を消し、それでもなおブルネルダの介護人としてかいがいしく働くカールの姿が描かれているのだ。ひょっとしたら、俸給外(エキストラ)のチップを着服するのが生きがいにまでなっているホテルのエレベーターボーイに比べても、裕福な女性の介護人（ヒモ）として生きる方が、感情を酷使する労働にたずさわる人間としての名誉をはるかに実感できると考えたのかもしれない。

「二十五番地の建物」という一種の療養施設のようなところまで手押し車に乗せてブルネルダを運びこんだカールは、いきなり管理人から罵倒によって迎えられる。

「いつも遅れる」

と、苦情を言った。

「思いどおりにいかない」

と、カールが答えた。

「どこだってそうよ」

と管理人は言った。

「ここでは言いわけは許さん。そのことを忘れるな！」

いかにもカフカにありがちな権威主義との対決場面である。しかし、カールは、思いがけず飄々としている。

もはや、こういった言葉には耳を貸すようなことはしない。誰もがやり返して、力を誇示し、弱いのを罵る。慣れさえすれば、お定まりの時鐘のようなものなのだ。

『失踪者』の「最終章」にふさわしいのは「オクラホマ劇場」だというプロートの解釈を疑ってみることができるとしたら、この断片が指し示している方向を手がかりにするときだろう。

ともあれ、ホテル・オクシデンタルを出てからのカールの足跡については、賃労働と奴隷労働のあいだの振幅以上に、読み取れるなにものもカフカはわれわれに残してくれてはいない。ただ、『失踪者』を書きながら、カフカが片をつけようとしたのが、賃労働の苛酷さという主題であったことだけは確かだろう。

カール・ロスマンが「うち倒されるというよりはむしろ脇の方に押しのけられる」と、カフカが書いたときに問題だったのは、主人公をどうやって「押しのけられる」ように持っていくか否かではなく、むしろどのような流れのなかで「押しのけられ」ていかせるか、だったはずである。「オクラホマ劇場」の群れのなかに消えるのか、謎の女性歌手ブルネルダの介護人として消えていくのか。人生に活路を求めて新天地をめざした移民たちの物語は、カフカの周りで数多く書かれつつあった。カフカは同時代のイディッシュ文学からヒントを得たとも言われている（テレーゼの母が息絶えるエピソードなど）。

移住先はアメリカに限らない。カフカが生きた時代のパレスチナは、現在のように「ユダヤ人国家」という鋼鉄の後ろ盾があるわけでもなく、ユダヤ人入植者が苛酷な生存条件を強いられる土地であった。パレスチナに渡ってからも運が開けず、そのまま朽ちていった移住者は数知れない。また、カフカの晩年には、革命後のロシアに人類の楽園を見出した賛同移住者もあらわれる。ポスト市場経済社会をめざしたそんな彼ら彼女らを待っていたのは予想以上に大きな試練の数々であったのだが。

ひとを「脇の方に押しのけ」ようとする力は、どの時代にも、そして至るところではたらいていたし、いまなおそうである。賃労働に基礎を置いた社会のなかで、死んでいくということは、その社会からはじき出されること、その彼方を夢見る夢のなかに身を投じることに他ならない。

＊　マックス・ブロート編集の『アメリカ』初版（一九二七）に付された「編者あとがき」については『〔決定版〕カフカ全集④アメリカ』（新潮社、一九八一）の千野栄一訳を用いた（二四〇頁）。

拷問死――『流刑地にて』

カフカのなかで殺人はめずらしくない。『変身』のグレーゴルに対する家庭内暴力は、現代であれば殺人、もしくは傷害致死罪に相当する内容だし、未完の長篇『訴訟』でも主人公ヨーゼフ・Kの処刑場面が、エンディングとしてあらかじめ用意されていた。『失踪者』にも建設現場の足場から転落する女性の話が出てきて、これも一種の人災・労災だ。

ただし、当の殺人に関しては、だれが責任を負うわけでもなく、またただれかに責任を負わせようとして、だれが奔走するということもない。これこそが、カフカに特有ともいえる目立った特徴だ(カフカの『訴訟』はどう転んでも『罪と罰』ではありえない)。そこでの殺人は「恥辱」に塗れた死として、あるがまま、むき出しの状態で提示され、カフカはその赤裸々さを描こうとしたのだとしか理解のしようがない。

カフカの作品がどことなく「アウシュヴィッツ」を連想させるのは、そこでの殺人がいかなる良心の呵責とも無縁で、刑の確定した死刑囚に対して、あとは判決を機械的に実地に移すだけとでもいうように、そこではただ粛々と死刑が執行されるからである。殺害に関与しただれの心にも罪責感がやどることはなく、処刑された囚人のあられもない身体がひたすら場面の強度を支えることになる。処刑が終点だとして、その起点においてどのように非道な行為がはたらかれ、その後、どのような判決プロセスがふまれたかはほとんど問題にならない。カフカの諸作品をかりに名づけるとすれば、犯罪小説でも、推理小説・探偵小説でもなく、そういったジャンルがあるとして、刑罰小説・処刑小説である。

この角度から見て、『流刑地にて』は究極にカフカ的な作品だと言える。そもそも「流刑地（シュトラーフ・コロニー）」とは、僻遠の隔離空間への強制連行そのものが刑罰としてみなされる異空間のことだが、この小説ではそれが「刑罰植民地（シュトラーフ・コロニー）」――刑事罰が植民地独自のルールに従って坦々と執行されるテリトリー――という設定になっている。近代的な法治国家の法廷であれば、「裁判官は複数」選任されるはずだし、念には念を入れて「上告審」が準備されているのがふつうだが、問題の「流刑地＝刑罰植民地」では、刑執行を担当する士官が、ひとりで「裁判官」を兼ねており、被告に対して「自己弁護の機会」は認められず、判決の内容はもちろん、みずからに判決が下ったことすら事前には知らされないまま、有罪判決を受けた囚人はいきなり捕縛されて、衣服を剝がれ、処刑台に横たえられる。「本人に判決を伝えても、意味がありません。彼はどうせ、自分の身体でそれを知らされるのですから」というのが、司法側の言い分である。

この地でなにをさしおいても尊重されるのは、「正義」ではなく「規律」なのであり、「正義」は「規律」を破った者に対して行使される公的な暴力の謂でしかない。『流刑地にて』は、「正義」の名の下に、殺人が流れ作業のように執行される時代遅れの場所として「流刑地」を仮想した空想旅行記である。

『変身』においてすでに証明済みであったが、カフカはひとの死がひとの死にふさわしいそれとしては認識されない局面を暴力的に仮構するということにかけて、文句なしに名手である。しかも、カフカはそういった世界の地獄的側面を暴きたて、読者の良心に訴えて、それを告発せんがためにそうするのではない。だとしたら、その方法はあまりにも途方もなく、乱暴である。むしろ、カフカはひとの死が尊厳を持った人間の死とはみなされない状況を敢えて創造することで、ひとの死をめぐって見落とされがちな真実に無理やり眩いばかりの照明をあてるのである。

ひとの死は、それがひとの死であるというだけで、ひとびとはその現実的な側面から目を逸らせたがる。それがいかに犬の死や害虫の死と相似であるかということを、ひとは往々にしてとらえそこなうのである。ひとの死が犬の死や害虫の死に似てくるのは、「アウシュヴィッツ」のような極限状態のなかだけだと、しばしば私たちは考えたがる。しかし、ほんとうにそれは「アウシュヴィッツ」のなかだけなのか。

終末期の生に対するカフカのこだわりは、けっして病的なものではない。むしろ、終末期の生から目を背ける人間社会の病的な傾向をよそに、カフカは自分だけでも健全であろうとしているかのようである。

◆

ひとの死には、大きく分けて瞬時の死と緩慢な死とがある。瞬時の死は、予想や予感はできるが、予測できない。逆に、緩慢な死は、多くの場合、生き延びる時間と予期・予感する時間が重なり合う形をとる。そして、医療技術とは、場合によって、瞬時の死を幇助する潜在的可能性を秘めているものの、基本的には瞬時の死の予防と、緩慢な死のさらなる緩和・減速に効果を発揮するものであると考えられている。

私たちをとりまく生の環境を簡単に要約するとこうなる。太古以来、私たちはこのような環境のなかで死に向けて心の準備を整えてきた。

しかし、ここに司法権力による刑罰が介入してくると話はがぜんややこしくなる。人間が人間に対して下す死刑には、歴史的に、瞬時の死をもたらす手法と、緩慢な死をもたらす手法とがあった。緩慢な死を想定した拷問死の手法は、多くの場合、観客の好奇心をあてこむスペクタクル形式をとり、それは司法制度の一部であり、大衆教化の手段であると同時に、大衆向け娯楽の一部でもあったのだ。近代に入って、このように見世物化された公開処刑のスタイルは、居場所を失い、死刑制度そのものが廃止される趨勢にある上に、かりに死刑制度が局地的に生き延びた場合でも、その運用にあたって、拷問的で、見せしめ的な色合いは目一杯剝ぎとられ、結果的には、かならず瞬時の死が選択されることになっている。要するに、かつて苦痛の引き延ばしを重視する拷問として一世を風靡したものが、またたくまの安楽死へと向かいつつあるのが現代である。

瞬時の死のむごさと、緩慢な死のむごたらしさを比較することは難しい。また、忘れてならないこととして、「アウシュヴィッツ」に代表されるような「ホロコースト」的な状況には、瞬時の死と緩慢な死がほとんど分割不可能な死の予感としてまるごと当事者を包みこんでしまうという展開がある。その状況のなかで（それは「ホロコースト」後の現代も、どこで、いつ回帰しないともかぎらない状況だが）、瞬時の死に対する脅えは緩慢な死を、一縷の期待と果てしない絶望で、いっそう重苦しいものにするし、緩慢な死の蔓延は瞬時の死に対する麻痺状態にひとを追いこむ。

しかし、えてして「ホロコースト」後であることを自認したがる現代社会のなかでは、事故死以外の瞬時の死は可能なかぎり、緩慢な死へと人為的にスライドさせるべきであると考えられている。緩慢な死こそが本来の死の姿であるとでもいうかのように。

ただ、にもかかわらず、死刑制度と安楽死擁護論だけは、瞬時の死の有効性を（皮肉にも食肉生産業界と同じく）苦痛を最小限にすべきだという理由から信奉しようとしている。

こうした人間の終末期をとりまく現状をふまえてみると、カフカの『流刑地にて』が、死刑の方法として緩慢な死を採用するという前近代的な風習の残滓と、それをすでに時代遅れな悪習として退けようとする近代的なイデオロギーとの全面対決の物語として書かれたものであることは明らかだろう。

　旅の学者は、かならずしもこの方面に詳しい専門家ではない。「学者」であるから、その主張が一定の権威を持つはずだと、死刑擁護派・拷問擁護派の士官がただ買いかぶっているだけなのだ。しかも、彼は「流刑地」での処刑方法に批判的であるばかりか、それにほとんど無関心ですらある。しかし、その反応の冷淡さは、最終的に士官を絶望させて、自死に追いこんでしまうには十分だった。「もう時が来た」――旧態依然たる「流刑地」式の処刑方法は、士官の死とともにおそらく永遠の過去に沈むことになるだろう。

　カフカは、このような一時代の終わりを描くという語り口を、「ある断食芸人の話」のなかでもふたたび採用することになる。

> あの頃は一つの都市の興味が、まるまる断食芸人に集まったものだった。断食が始まると、日を追って関心は高まって行った。誰もが断食芸人を、少なくとも日に一度は見ないと気が済まないのだった。〔中略〕
>
> 　天気のいい日には檻は野外に運び出されたが、そうなると特に子どもたちに断食芸人を見せることに主眼が置かれた。大人たちにとって断食芸人は、世の流行だから覗いてみるだけの、単なる楽しみの対象に過ぎぬことも多かったが、子どもたちはただただ驚嘆のあまり口をぽっかりあけ、不

安から互いにしっかりと手をつなぎ合って、断食芸人の蒼ざめた顔を見つめるのだった。

断食芸とは、緩慢な死を模倣しながら、しかも生き延びる術を身につけた芸人が命を賭して敢行するスペクタクル芸である。公開処刑が華やかだった時代には、断食芸もまた、まさに芸としての市民権を認められていたとカフカは考えていた。しかし、公開処刑が忌避され、ましてや教化よりも見せしめに力点を置いた処刑制度が抜本的に見直されるようになるのと時期を同じうして、断食芸もまた集客力を失うにいたる。そして、だれもが断食芸人の存在を忘れ去ったすえに、ひとりがたまたま檻のわきを通りかかって、「棒で藁を掻き回してみると、中から断食芸人が見つかった」という情けない忘れ去られようである。芸人は虫の息で「自分の口に合う食い物を見つけられなかった」と言い、「それが見つかっていたら〔中略〕私も腹いっぱい食いました」と渾身の強がりを口にして、事切れる。

断食芸人が意志の力でなぞった緩慢な死は、通常、「四十日間」と時間を区切られていたが、それは断食芸人の体力的な限界を慮った配慮ではなく、「それを過ぎると〔中略〕客の入りがはっきりと減退し始める」という興行上の理由だった。カフカは、近代的な衛生学や都市の衛生化（ジェントリフィケーション）といったような圧倒的なイデオロギーの台頭とともに市民社会から排除されることになった断食芸を、ある意味、懐かしむかのようにして、まさにその芸の終焉を、最晩年の小説集のなかで描いたのであった。喉頭結核の進行とともに、ほとんど食物が喉を通らなくなった危機的な状態のなかで書かれ、ぎりぎり最終校正までこぎつけた、カフカの生前に刊行された最後の小説集のなかの一篇である。

反対に、『流刑地にて』は、まだまだカフカがサラリーマン生活と執筆とを両立させていた旺盛な執筆期の作品で、その作品が朗読された会場では、スプラッター・シーン満載の内容に、吐き気を催した聴衆がいたとも伝えられる。

しかし、断食芸であれ、公開処刑であれ、近代社会があらゆる手を尽くして不可視化をめざし、抹殺を試みようとしている前近代的風習のなかに、「正義」ではないまでも、隔世遺伝的な回帰願望とでも言えそうなものをカフカが感じ取っていたことはどうやら確かなようである。

『流刑地にて』の公開処刑では、断食芸の「四十日」に相当する時間単位として「十二時間」という時間が指定されていた。有罪判決を受けた人間は「即座に殺してしまってはならない」という考え方に基本を置き、処刑のために用意された「独特な装置」は、俗に「馬鍬」と呼ばれる一式の針をデリケートにあやつりながら、囚人の身体に判決文をじっくりと刻みこんでいく。「上官侮辱の罪」を犯した者には「汝の上官を敬え！」という文言が、といった按配である。

そして、頭部にとどめを刺されるまでの「十二時間」は、意識がたしかなまま、囚人がもっぱら痛みをこらえなければならない「最初の六時間」と、それまで旺盛に示していた食欲がしだいに失せ、全身から「理性が立ち上がって」くるのを待って、「自分の傷」でその「文字を読み解」けるように残された残りの「六時間」からなっている。この「十二時間」という途方もない時間を保たせるためでもあるのだろう、刻まれる判決文には細密な装飾が施され、まるで刺青（いれずみ）を入れるように、長い、長い時間をかけて判決文が刻みこまれる。

このように血なまぐさい公開処刑にも、「往時にあって〔中略〕人々はみな、ただ見るがために訪れた」らしく、この処刑装置を考案・導入した司令官は、早朝から「婦人方を引き連れて」処刑に立ち会い、処刑前には「トランペットが高らかに鳴り渡」ったという。断食芸はいかに集客力を持ったとしても静かな興行としてひそかにひとびとをひきつけたようだが、「流刑地」での公開処刑では工夫に工夫が凝らされ、「苦痛の呻き」を引き出すために「針先から激痛を呼び起こす薬液が滴下され」るという乱暴な方法までとりいれられていた時代もあったという。

現在であれば、在宅であれ、病院・ホスピスであれ、ひっそりと耐え忍ぶという形で引き継がれている緩慢な死なるものを、敢えて公開処刑という鮮烈な形とともに呼び起こそうという奇想天外な創作意欲が、カフカをしてこのような作品を書かせたのだった。それは、単なる復古主義的な欲望のあらわれではないだろう。

それは、要するに、緩慢な死から目を背けてはならない、凝視せよ、ということのようだ。

緩慢な死を玩ぶ司法権力や興行経営を肯定するでも否定するでもなく、緩慢な死が見世物であった時代の小さな欲望の絡まりにあらためて目を向けておこうという密かな企み。『流刑地にて』から「ある断食芸人の話」に至るまで、カフカが悪趣味なまでの時代錯誤を自作に持ちこんだのは、サディズムだのマゾヒズムだのといった使い古された語彙では説明のつかない、倒錯的で、しかし（であればこそ）人間的な欲望を見据えるためであったに違いない。

この拷問機械の考案者であった前司令官であれ、その後継者であり信奉者でもある士官であれ、この公開処刑の伝統に固執する男たちをサディストの名で呼ぶなら、それはたしかにそうと呼べないこともない。しかし、カフカはサディズムの彼方をまで透かし見ようとするのである。

拷問から目を背けようなどとは考えようともしない士官は、公開処刑の全盛期をふり返りながら、同じく断食芸がそうであったように、緩慢な死という現象がスペクタクルとして観衆をひきつけるにあたって、子どもが特権的な位置に立っていたことについて抜け目なく注意を促している。

こうして六時間目が来る！　近くで注視したいという希望を、すべての人々に叶えることはできない。深い洞察に富んだ司令官は、その際、誰よりもまず子どもたちの希望を優先的に考慮すべきだと定められました。私〔＝士官〕はしかしながら職掌柄からして、常にその場に居合わせることを許されておりました。私はしばしば左右の腕の下に二人の幼い子どもを抱えて、そこにうずくまりました。我々はみな、苦痛に歪む顔に浮かぶ浄化の輝きを、どんな思いで受け止めたことでしょう！ついに達成され、いま早くも色腿せつつあるこの正義の輝き。我々はみなその輝きに一度は自身の頬を染めたのです！　あれは何という時代だったのでしょうか、わが同志よ！

処刑制度の擁護者は、ただ制度の見張り役として、職務遂行にしがみつきたいだけではない。自画自賛を地で行きながら、彼らはだれにも増して選りすぐりの観客としてもまた自分をとらえていた。

それこそ「流刑地」特有の文化である公開処刑を「注視」する喜びに自分たちほど精通したものはいないという矜持が彼らの職務遂行を支えていたはずなのである。

「苦痛に歪む顔」のなかに「浄化の輝き」が見て取れると彼らが言うとき、「浄化(フェアクレールンク)」という言葉には、十字架の上で栄光に輝く身体へと変容したイエスを想起させる濃厚な宗教的含意がある。緩慢な死を「注視」するまなざしには、終末期の人間の表情のなかに「浄化の輝き」を見出そうという倒錯と宗教心がやどる。旅の学者を前にした士官は、「流刑地」の大衆文化の擁護者であるだけではない。彼はほとんど祭壇を前にした祭司なのである。そして旅の学者が、処刑見物はもとより、やぶれかぶれの士官の存在を疎ましく感じるようになればなっただけ、士官の有頂天は孤立し、際立つのである。

士官だけでない。私たちは、死に瀕した人間の表情のなかになんらかの「浄化」を見て取ろうとする傾向にある。これはキリスト教世界にかぎった話ではないだろう。『流刑地にて』のカフカは、緩慢な死のなかに「浄化」の瞬間を見届けようという士官と、そういった士官の有頂天ぶりになおさらやりきれないなにかを感じ、しまいにはせせら笑ってしまいさえする学者との対比を通して、かならずしも、どちらかに肩入れしようと考えていたわけではなさそうだ。

強いて言えば、時代に味方された学者のことはとりたてて気に病む必要などなく、時代から取り残されながら、それでもふんばっている士官の謎めいた倒錯性に魅入られてしまっているとでも言うべきだろうか。

一見、サディストのように思われる士官だが、彼は「六時間」を過ぎて、しだいに「理性が立ち上がってくる」囚人の表情を評して、「自分もまた馬鍬の下にいっしょに身を横たえてみたいと思わせる」ものであったと、ぼそっとふり返っている。終わりの見えない苦痛にさらされ、少しずつ死の淵へと追いやられていく存在を前にして、まるで吸いこまれるように、観られる対象の位置に自分自身を置いてしまう欲望の屈折。カフカが徹底して追いかけるのは、ひとを処刑する欲望の過剰さではなく、終末期にある生き物の無残なさまであり、そこに浮かび上がる終末期の人間のなんとも言い表しがたい表情である。その表情に「浄化」を読みとる態度は、集合化した場合には、それこそ文化かもしれない。大宗教かもしれない。しかし、一個一個の人間のなかで、それは、小さな、小さな、しかし本人にとってはどうにも手に負えない厄介な欲望である。

処刑機械との血みどろの抱擁を夢見ているのか。死に行く死刑囚への永遠の添い寝を求めているのか。

しかし、そのような欲望を語ってまで、旧弊な処刑方法に対する保護と支持を求めようとした士官は、学者からの共感をもはや期待できない。そして、ついに堅く意を決した士官は、学者の前で「衣類をみな脱いで裸にな」り、「急いでいたにもかかわらず、脱いだ衣服の一枚一枚を非常に丁寧に扱って」いるかと思えば、「それをすぐに不機嫌な手の一振りで穴へ放り込んでしまう」のだ。処刑台に身を横たえた士官は、見物の学者にもまた「自分もまた馬鍬の下にいっしょに身を横たえてみたいと思わせ」たかったのかもしれない。しかし、それは無理というものだろう。士官に場所を譲るべく処刑台から解き放たれた囚人は、護衛の兵士とともにはしゃぎまわり、学者はそれに気が散ったせいもあって、「それを見ているのが苦痛にな」ってくる。しかも、処刑機械そのものが調子を狂わせ、ぼろぼろに「崩壊」しはじめる。それはもう士官自身が「希求した苦行」などではなく「単なる殺人」だった。自己制御を失った怪物的な機械は、文字通りの殺人機械と化してしまうのである。息絶える士官の表情のなかに、学者は「約束された救済の気配」を見て取るどころではなかった。

士官はいつの日かみずからが処刑機械の抱擁を受け、「浄化」もしくは「救済」の瞬間とともに緩慢な死を生き抜こうと夢見ていたに違いない。しかし、その夢は悪夢に終わり、選ばれた観客であってほしいと願っていた旅の学者からも、期待した共感を得られないまま、たったひとりで無様に死んでいったのだった。

「ある断食芸人の話」のカフカは、こうした時代遅れのスペクタクルの来るべき復興の予兆を、せめて子どもたちのなかには見出したいと考えていた。

> 昔の断食興行のことをつぶさに物語ると、それを聞いた子どもたちの目が輝くのだ。彼らは学校でも生活の中でもほとんど予備知識を与えられていなかったから〔中略〕父親の話をよく理解するのは難しかったが、それでも彼らの食い入るような目の輝きの中には、やがて断食芸への好意が甦えるだろう来るべき新時代の影が映っていた。

公開処刑であれ、断食芸であれ、カフカは、一見、緩慢な死と思えるような死のなかにこそ、今日で言う安楽死の未来を見ていたのかもしれない。『流刑地にて』の士官は、まさにそうした安楽死の来るべき未来を信奉するイデオロギーにとりつかれていたのだった。こうしたイデオロギーが、学者に代表される近代的・文明的な死生観にはそぐわない時代錯誤であることを一方では認めながら、カフカは、緩慢な死が「浄化」や「救済」を準備できるかもしれない未来を、どこまでも匂わせるのである。あらゆる死が「恥辱」に彩られていることをくり返し強調したカフカであればこそ、その希望は途方もなく大きく、肥大したものだった。

◆

カフカは、一種の宗教家としての士官の像を鮮やかに際立たせるために、旅の学者を引き立て役に登用した。そして、士官の死をそそくさと見届けた旅行者は、港町にある喫茶店の内部に、処刑装置の発明者であった前司令官の墓があることを知らされる。「流刑地」には墓地がべつに設けられていたはずだが、通常の「墓地への埋葬は坊さんに断られ」たという噂で、彼はひっそりと市街地に葬られたのだという。士官はむろんのこと、前司令官自身がすでに歴史の敗者なのだった。しかし、歴史に敗北を喫した旧弊なスタイルであっても、それはいつの日か姿を変えて復活するかもしれない。じっさい、前司令官の墓碑には、「定めの年月の過ぎし後に司令官は甦り、この殯(もがり)の家を出(い)でて信奉者たちを率い、本植民地を再び征服せんと。信じよ、そして待機せよ！」と刻まれていたのだった。『流刑地にて』は一種の異端宗教の崩壊を描いた作品である。来るべき死をひとしなみに前にしている私たちは、瞬間の死を恐れ、緩慢な死にもまた脅えながら、しかし「浄化」と「救済」だけは夢見ないではおれないでいる。

緩慢な死をさらに和らげ、死へと向かう進行を遅らせるために、医療にすがり、人知に救いを求めて、おもむろに寝台や手術台に上るとき、私たちはある種の機械に身を預けることに暗黙の合意を示しているのではないだろうか。

日進月歩で進化を続ける医療機器は、よもや「流刑地」の処刑機械のような拷問装置ではあるまいとだれもが思いこんでいる。これこそが現代的な医療万能社会を支える、これまた信仰である。しかし、生殺与奪の権利を巨大な装置が掌握してしまった現代と「流刑地」の刑罰制度のあいだの開きは、さほど大きなものではないのかもしれない。現代的な医療機器が終末期の身体を餌食にする拷問機械ではないなどと、いったいだれが保証できるのだろうか。

士官の自業自得に見切りをつけ、立ち去ろうとするところに「自分たちも一緒に連れていってくれ」とすがりついてくる囚人と兵士の二人にもほとほと嫌気がさした学者は、この「流刑地」での悪夢のような経験をひきずりながら、文明世界のなかに戻っていくだろう。しかし、その彼もまた「浄化」と「救済」の表情を浮かべながら死んでゆく瞬間をいつの日か夢見ることになるはずだし、また自分にとってたいせつな人間の終末期の生を前にして、祈るような思いで、その口元・目元に「浄化」と「救済」を見出そうと死にもの狂いになる日が来るだろう。

空想旅行記の形を借りた文明風刺の物語である『流刑地にて』は、「アウシュヴィッツ」を先取りしていただけではない。「アウシュヴィッツ」においてさえ、同胞や隣人がばたばた斃れていくさまに人間的な感覚が麻痺しそうになりながら、それでもごろごろ転がる瀕死の仲間のなかに「浄化」や「救済」の表情を見出したいという切ない思いに胸を引き裂かれ、自分もまた馬鍬に全身を突き刺され、最後に止めを刺される瞬間が来ることを想像しないではおれなかった囚人の、ある意味、末裔である私たちの時代をも、この作品は先取りしていた。

「流刑地」の風習を遠い過去に封じこめるのではなく、いつ現代に甦らないともかぎらない亡霊として、リアルに呼び覚まそうという大胆不敵な意志。現代にも形を変えながら拒食症の形をとって息を吹き返している孤独な断食修行に思いを馳せるまでもなく、カフカはいつでも未来をみずからの肩越しに感じ取ろうとしていた。

『流刑地にて』の旅行者に自分を見出したつもりでいるかもしれない私たちでも、士官の無残な死をみずからの生から完全に遠ざけることはおそらく不可能である。

「待機せよ!」――そうだ、私たちはつねに「待機」していなければならない。死に向けて「待機」するかぎり、拷問機械との出会いへ向けての満を持した向かいあいは回避できない。

＊　死刑廃止論を視野に入れた『流刑地にて』の読解としては、櫻井悟史「殺人機械の誘惑」（『生存学』第四号、生活書院、二〇一一）がある。

＊＊　「ある断食芸人の話」については、拙著『エクストラテリトリアル』（作品社、二〇〇八）所収の「断食芸人論」を参照されたい。

過労死――『城』

『城』における主人公Kの戦いは、六日目でぷっつり途切れているが、それはいつまでつづくはずだったのだろうか。初版(一九二六)に寄せた「あとがき」のなかでマックス・ブロートは、カフカ本人の口から小説の結末が次のように語られていたことを伝えている――「名ばかりの測量士Kは〔中略〕刀折れ矢尽きて死ぬ。その死の床のまわりに、村人たちが集まってくる。ちょうどそこへ城から、村に居住したいというKの要求は受入れられないが〔中略〕村で生活し労働することは許可する、という決定がとどく」。

しかし、カフカは途方もない長さになる可能性をはらんでいた長篇の執筆を中断したまま亡くなった。

それにしても、臨終の床に届くという気の抜けたような決定通知はいったいいつ書かれたものだったのか。城とKとのあいだの連絡係をつとめるバルナバスによれば、手紙は担当部署のクラム長官からバルナバスに直接渡されるわけではなく、「書記」によって「机の下に置いてあるたくさんの書類や手紙類のなか」からほじくり出されてくるため、それは「書いたばかりの手紙」だとはかぎらない。Kの到着の翌日に届けられた「貴殿は、伯爵家の勤務に召しかかえられることになりました。〔中略〕小官は、可能なかぎり貴殿の意にそう心づもりをしております。労働者として満足していただけることこそ、小官のなによりの念願であります」という手紙から、この最後の通知までのあいだに、Kの処遇に関して城の内部で大きな方針変更があったようには思えない。Kは村民ではなく、「居住」許可者でもない。「就労許可」の下った「よそ者＝外国人」として、ひたすら衆人環視のなかでの生活に耐えなければならなかった。城から派遣された双子の「助手」も補佐役というよりは、実質的には監視役だった。

いったい「労働者として」の「満足」とはなんなのか。「労働者」はいつでも評価・査定の対象となる。「あなたがこれまでにおこなった測量の仕事を、わたしは高く評価している」——クラムからKに届けられた第二の手紙に書かれていた一文は、「労働者」なるものの位置を端的にあらわしている。Kはこの手紙を読んで、即座に「これは、なにかの誤解だ」と感じる。測量士らしい仕事をひとつもあてがわれないままだったし、ただ村のなかを右往左往しながら、宿屋から小学校の教室へと宿舎を小刻みに移していただけで、大きな達成といえば、居酒屋で知り合った女性フリーダをかどわかし、その「婚約者」の座をせしめたくらいのものだ（フリーダはこともあろうに「クラムの愛人」として知られる女性だった)。しかし、まるで村民との交流を重ねて一定の地位を築くこと(こそ)が彼にとっての「労働」であって、それ以上の役割は期待していないとでもクラムの側は言いたげである。雇用する側の「評価」と当人の「満足」とは、かならずしも一致しない。

Kにはどこか自分を買いかぶるところがあって、言ってみれば自信過剰に近いタイプだ。そんなKにはいつでも「相手は彼の力を過小評価」しているように思えてならないのだ。相手のことなど舐めきった素振りを示しながら、しかし監視・追跡だけは怠らない。Kはほとんど村という遊園地に解き放たれて、遊ばされている子どものようなものだ。思うままに遊んで、それでも、よほどのことがないかぎり、お叱りを受けることはない。クラムをはじめとする城の役人たちが村に下りてきたときの常宿になっている「縉紳館」の廊下を早朝徘徊していたところ、いきなりとりおさえられることになったとしても、だからといって、ことさら城から咎めを受けるわけではない。小さな「自由」を保障されたKのような「よそ者=外国人」がみずからの「労働」に「満足」するなどということはありうるのだろうか。子どもであれば、疲労困憊して睡魔に襲われることが一日を「満足」に生きたことの証明であるかもしれない。しかし、大の大人のKにとって「満足」とはどのような結果や状態をいうのか。

城をとりまく村にやってきたばかりのKは、「自分の肉体を頼りにできるという自信」に満ち満ちていた。フリーダをあっさり手なずけ、あっというまに肉体関係を結んでみせたあたりまでのKは、過剰なまでの「自信」をふりかざしていた。ところが、その彼が、村に来て六日目になる夜明け前には、すでに弱音を吐くようになっている——「そういう自信がなければとうていこんな土地に出かけてこなかったはずのおれ、そのおれが、たかが二、三日の不健康な夜と不眠の一夜に耐えられないとは、どうしたわけだろうか。ここでは、どうしてこんなにどうにもならないほど疲れてしまうのだろうか」。

Kはこの村で、いったいなにと闘っていたのか。

そのKが「刀折れ矢尽きて死ぬ」としたら、その死因はなんなのか。

なによりの敵は「疲労」だった。そしてKはなにに打ち負かされたかといって、もっぱら「疲労」との闘いに敗れるのである。

◆

思えばカフカは、『城』以前にも、「疲労」とともに消耗してゆく主人公を何度も物語っていた。しかも、賃労働に疲れきった残りの時間は「疲労回復」に傾けるという近代的な時間管理の原理をよそに、カフカの主人公たちは、ことごとく「疲労回復」に失敗する。

カフカにとっては、文学そのものがまさに「疲労回復の失敗」の所産であった。そして、あたかもそのことに呼応するように、賃労働の外部での活動に精も根も使い果たしてしまう男たちの物語が、くり返し、くり返し書きためられていった。

療養所(サナトリウム)を渡り歩いて、病魔と闘うようになってから、まさに満を持したかっこうで手がけたとされる『城』において、彼があらためて、そうした男の物語に挑戦したとしてもふしぎはない。

そもそもKは、たどり着いた宿屋で身分を問われたさい、とっさに「測量士」を名乗ってはみたが、あまりに唐突すぎて、すぐには信じてもらえない。それこそ最初は「嘘つきの浮浪者」呼ばわりさえ受ける。ところが、そこへ城から「測量士」として受け入れるという旨の連絡が入り、その後は村のどこへ行っても「測量士」で通ることになる。しかし、かといって、とくだん「測量士」らしい仕事をあてがわれるわけでもない彼は、村での滞在許可を与えられただけで、実質的には「浮浪者」と呼ばれつづけているのと大差ない毎日を送ることになる。しかも、村のなかを巡回しているだけで、「あなたがこれまでにおこなった測量の仕事を、わたしは高く評価している」と、城の役人クラムからおざなりな太鼓判を捺される。「測量士」というのはしょせん彼の名前であるにすぎず、まるで「浮浪」が彼の職業であったかのようだ。彼は「浮浪者」として身分と報酬を保障され、宿舎と食事を約束される。彼がどこか「遊園地で遊ばされている子ども」に似て見えるのはそのためだ。

見方を変えれば、Kは「よそ者＝外国人」であるというあるがままの姿で村に受け入れられ、時に怪しまれ、目の敵にされたかと思えば、時には、村に新風を吹き込む解放者でもあるかのようないかがわしい魅力で、村人（とくに女性や子ども）を幻惑する。Kが城に対して求めるのは、村人と同じように、村に「居住」できる権利なのだが、彼はその権利以外のすべてを保障されながら、ひたすら「よそ者＝外国人」らしさを身にまとって村をほっつき歩き、言いがかりをつけられたり、自分から村人にかみついたり、起伏にとんだ日々を送っていく。それが「よそ者＝外国人」にあてがわれた、嘘のようだが、「労働」なのだ。

寝ても醒めても「よそ者＝外国人」の「浮浪者」を演じつづけよ。

たしかに、Kはクラムを感心させるほどにも優等生的に「浮浪者」を演じつづけた。

これは通常の「測量士」が言いつかるような賃労働とは「労働」の形態がまったく異なっている。彼の場合、生活することがそのまま「労働」であり、食事をするのも、性行為をするのも、呼吸をするのも、うたた寝するのも、いっさいが「労働」として認定されるのである。「労働力の切り売り」と「労働力の再生産」のあいだのけじめが、まったくつかなくなっている。

そして、Kは村人との一連の関わりを通して、こうした事態がかならずしも自分のような「よそ者＝外国人」に特有なことがらではなく、村人の多くもまた生活にくたびれ、疲労の極に追いこまれているということを知るようになる。蓄積した「疲労」の果てに息絶えるまでの時間、Kは村人の生活環境・労働環境に関して、足を使った独自の観察を進めていくことだろう。彼はみずからすりへりながら、同じく村での生活にすりへっていこうとしている村人の現実に肉迫する。もちろん、だからといって、Kと村人のあいだにたやすく友情や連帯が生じるわけではない。城がKに期待しているのも、村の労働者たちの連帯や結束を促すような社会活動ではあるまい。城はどこまでもKを「過小評価」している。しかし、小さな「測量士」に可能な最小限の仕事、それは強いて言えば、村民の生活をめぐる実態調査であり、広い意味でのフィールドワークなのだった。

村での生活に執着しながら、いつ糸が切れてしまってもおかしくない、ぎりぎりの瀬戸際に追いつめられた者たち。

◆

たとえば、Kが最初に同志としての風貌を見出し、「あなたの眼は、過去の勝利よりも、むしろ未来の戦いを語っています」と、歯の浮いたような決め科白(ぜりふ)でかどわかすフリーダがそれである。孤児として育ち、馬小屋の清掃婦から、「縉紳館」の女給へと這い上がり、その縁で、いったんは「クラムの愛人」の地位を手に入れるまでに至った彼女は、そんな自分をひけらかしたい反面、そんな生活からすっかり足を洗いたいとも考えていたようだ。「よそ者＝外国人」のKの求愛にあっさり応じたのも、Kの妻として、人生をゼロからやり直したいと考えたからだった。「わたしは、ここのこんな生活には耐えられないわ。あなたがいつまでもわたしをおそばにおいてくださるお気持なら、わたしたちは、どこか南フランスかスペインへでも移住しなくちゃならない」――この思いはかなり切実であったようである。それに対して「ぼくは、移住するわけにはいかない。この土地に定住するために、はるばるとやってきたんだ」と、フリーダの移住願望をはねつけた。結果的には、それがKとフリーダの婚約を破談へと向かわせる原因になった。

二人は、体をひとつに合わせながらも、それぞれに相容れない夢を見ていた。

いくら抱擁をかさねても、いくら肉体を投げかけ合っても、なにかを求めなくてはならないという義務を忘れるどころか、かえってそれを思いだしてしまうのだった。犬が絶望にかられて地面を掘りかえすように、たがいに肉体をあくなくほじくりかえした。

カフカが書き残した性描写のなかでとびぬけてリアルなそれだといっていいだろう。Kに身を任せたフリーダにしてみれば、クラムと別れる以上、村を離れるという以外の選択肢はありえなかった。フリーダは、Kとの出会いを契機として、みずからの休まることのない日々に自覚的になり、なにもかもをなげうとうと心に決めたのだ――「ここじゃみんながわたしを引っぱりだこにして、あなたを十分に自分のものにできないんですもの」というのである。ところが、Kはまさに「クラムの愛人」だった彼女を手に入れることで、城との交渉を有利に導き、村での地歩を固めようと考えていた。Kは、なにがなんでも村に居座ったままの状態で、フリーダと共同での「戦い」を夢見ていたのだ。なんというすれ違いだろう。「よそ者＝外国人」であるにもかかわらず、「居住＝定住」する権利を要求するKと、「よそ者＝外国人」だからこそ二人が結びつけば、容易に村を離れられるとひとり合点したフリーダ。

また、だれよりも「自分と非常に似かよった運命をたどっている人たち」だとKが感じたのは、バルナバスの一家だった。三年ほど前までは名うての靴屋であったバルナバスの父は、城から信望の厚い消防団の分隊長の地位についてさえいた。ところが真夏に催された消防団の祭典の日、城の役人の一人から伝令を介して付文（つけぶみ）を受け取った末娘のアマーリアが、その手紙を「いきなり小さく引裂いて〔中略〕顔に投げつけ、ぴしゃりと窓をしめてしま」ったがために、その朝が、一家にとって「決定的な朝」となった。父はそれまでの信頼も名望も失い、文字通り「村八分」の憂き目に遭う。それでも呪縛を解こうと、城の役人が村に下りてくる通り道で待ち伏せするという挙に出た父と母は、無理が祟ってリューマチを患い、いまや寝たきりに近い。なけなしの家財道具を売り払い、息子のバルナバスがライバル靴屋の下請け仕事をこなすことでなんとか生き延びてはいるのだが、それもぎりぎりの生活だった。城との和解の可能性に賭けた一家の期待を一身に背負ったバルナバスは、城と村のあいだを何度も往復しなければならず、金になる靴屋稼業に思うようには専念できなかった。そして、Kが村にあらわれたことで、ようやくクラムとKのあいだを結ぶ連絡係の役割を手に入れたというわけだった。そういった一家の窮状を訴えながら、長女のオルガは、「あなたとお城とのつながりがなくなってしまわないよう〔中略〕、わたしたちの力と経験を生かしてあなたを守ってあげ」、そうすることで自分たちの活路を見出したいと言う――「そのつながりがつづいてくれたら、わたしたちも、あるいはそのおかげで生きていけるかもしれません」というわけだ。

　役人クラムの引き立てに応じたフリーダは、Kの登場とともに、一転して、僻遠の地での生活一新を夢見るようになる。反対に同じく城の役人の引き立てをけんもほろろに撥ねつけたとばっちりに苦しみ、村人から「下司（ルンペン）」と呼ばれて、貶められることになったバルナバス一家のなかでは、しっかりもののオルガが、もっぱら城と渡り合うために周到な作戦を練り上げている。これもKが「よそ者＝外国人」であればこそ、村人にたきつけた希望のひとつだった。

さらにもうひとつ、その面々がそれぞれKの存在と深く結びつきそうな一家がある。そもそもはその下請けに甘んじていたのだが、バルナバスの一家が没落した後に、その仕事場を乗っ取ったブルーンスヴィックは、城から嫁を迎えてさえいた。村議会でのゴリ押しが理由で、村長らから煙たがられており、議会で「測量士」の登用をひとり主張したのも彼だった。当初その主張は却下されたが、そこへKがあらわれて、城はKを「測量士」として追認した。おかげでKは、村長側とブルーンスヴィックのあいだに再燃したであろう対立の渦中に身を置くことになったのである。

くわえて、村長から小学校の用務員を任されたKのところに、その息子のハンスが懐っこく訪ねてくる。赤児をかかえる病弱な母親を気遣いながら、過去に「病人を診療した経験がある」というKに期待を寄せるかと思えば、「将来なにになるつもりなのか」と尋ねられれば、「Kさんのような人になりたいとおもいます」と、あどけなく答える。カフカがもう少し長く生きて、書き継いでいたなら、大きくクローズアップされた可能性のある一家である。

城の役人から言い寄られる女性がいるかと思えば、城に生れ育ちながら、村での結婚生活に苦しみ、転地療法を要するような病に蝕まれていく女性もいる。村人たちのかかえこんだ問題群が、自分自身も「居住＝定住」問題をかかえたKの彷徨とともに少しずつ明るみに出されていく。しかも、村人がかかえた問題は、Kの問題そのものではないとしても、それらは「たがいに境を接して」いる。

極言すれば、問題をかかえこんだ者たちが、それぞれに消耗しながら、ひとつの「疲労」を各自で分有することになっていくのである。

だからといって、カフカは安易に「問題」の解決可能性を仄めかすことはない。しかし、かかえこんだ問題の一致ではなく隣接、問題の共有ではなく分有をこそ、カフカは素描しつづけるのである。そして、そうした隣接関係・分有可能性は、「よそ者＝外国人」としてのKと、Kの存在に惑わされる村民たちのあいだだけではなく、ひょっとしたらKと城の役人たちとのあいだにも生じているかもしれない。

村での用を足すために「縉紳館」に下りてきたクラムの姿を、Kはフリーダの手引きで、客室＝執務室の覗き穴越しに観察するのだが、「机にむかってい」たクラムに関して、クラムに精通しているフリーダは、「彼は、いつもあんな恰好で眠るんです」とコメントする。「お城の人たちは、じつによく眠ります。ほとんど理解に苦しむほど」だというのである。まさに睡眠の合間に仕事をし、仕事の合間に睡眠をとるという見境のない就業態度を示すのが役人たちであったとすれば、睡眠をもまた「労働」として引き受けるしかなく、睡眠のなかですら消耗していくKは、役人たちの勤勉さをどこかでなぞっている（あるいはそれに張り合っている）ことになる。

夜遅くクラムの秘書から呼び出しを受けたKは、順番待ちのあいだ、行きがかり上、話しこむことになった小役人のビュルゲルの前で、ほとんど爆睡してしまう。

Kは、眠っていた。もちろん、ほんとうの眠りとは言えなかった。おそらく、さっき疲労困憊しながらも目をさましていたときよりは〔中略〕言葉がよく聞えていた。一語一語が耳にひびいた。しかし、うるさいぞという意識は、消えていた。自由になった感じだった。〔中略〕まだ眠りの海の底には達していないが、すでに海のなかにはつかっていた。これを他人に奪われてたまるものか。すると、これによって大きな勝利をおさめたという気がした。

やがて、ビュルゲルは官僚機構と陳情者の関係について、かなり本質的なことを語りはじめるのだが、Kはうっかりそれを聞き逃してしまう。もしもKが村で「疲労」に打ち負かされて息絶えるようなことがあるとしたら、まさにこのような溺死の形をとるだろう。「大きな勝利をおさめた」という錯覚とともに。

◆

いずれも未完に終わった『失踪者』や『訴訟』のあとを受け、かつそれらを乗りこえようとして書かれたに違いない『城』において、カフカが主人公により多くの対話機会を準備していたことは注目に値する。新参者の移民であったり、刑事告発を受けた被告であったりが、かたや周囲から胡散臭い目で見られる存在であるかと思えば、「見る人が見たら、本当に輝いて見えるもの」（『訴訟』）でもあるという一種の確信がカフカをして長篇の執筆に向かわせている。移民や被告という存在は、のんべんだらりと生きてはおれず、四六時中、生存環境の維持・改善にかかずらわなければならない。そのぶん、彼らはあつかましく他人の厚意に訴え、甘えられるときには甘え、突き放されたときはすごすご引き下がるという、いかにも物乞いめいた生を強いられるのである。窮地に置かれた人間にとってだれが助けになり、だれが前進をブロックする存在であるのか、そうそう見究められるものではない。ともかく前へ前へと突進していくあつかましさなしには生きていかれないのが、移民・難民や被告である。郷里をふり返ったり、みずからの無罪を過去に遡って証明したりという後ろ向きの生活にうつつを抜かしてはいられない。前向きに生きるということは、それはそれで大変な消耗であるし、安らぎの時間をさえ返上する覚悟でいなければ、その間にいつ自分にとって不利な事態が進行しないともかぎらない。けっきょくは、疲労困憊のあまり、せっかくの好機を逃してしまうようなこともあるだろう。しかし、それでも前向きでなければならないほど、追いつめられているのが彼らである。

　長篇作者カフカが試みた前向きな男たちの物語のうちで、とりわけ『城』において顕著なのは次の三点である。

　みずからの生存を勝ち取るための闘いは、賃労働とは似ても似つかない、多くの場合、時間で区切られたそれよりもはるかに苛酷なものであるが、敢えてそれに「労働（アルバイト）」の称号を付与するという権威を、ここでは「城」という形ではっきりと明示したこと。これがひとつである。

「城」の真意、クラムの真意のなんであったかをKは懸命につきとめようとするが、おそらくその夢はかなわないだろう。しかし、それでもKにとっては十分なのである。かりに「測量士」の名にふさわしい仕事をあてがわれ、助手二人と作業に従事していたとしても、そこから得られるのはせいぜい規定の報酬だけである。「測量士」はその土地に住み着くべきような職種ではない。それよりも、特殊技能を持たなくても「よそ者＝外国人」にこそふさわしい、打ってつけの「労働」があるはずだ。そう考えたほうがずっと有益だろう。「城」が、意図的にであれ、無意識にであれ、Kに向けて差し出しているメッセージとは、新しい「労働」の形についてなのである。

そして、「城」によってなにげなく指し示された「労働」が真の「労働」であるためには、単なる自活や自己救済のための「労働」に自閉・自足するものであってはならない。『城』においてKが従事する「労働」は、社会運動へと発展していく契機を欠いてはいるが、村人の人生に影響力を行使し、村人の人生設計にヒントを授け、それまで本人が自覚すらしていなかったような欲望や夢想に言葉を与えることを促す対面労働（もしくは感情労働）なのである。フリーダであれ、バルナバスとその姉妹であれ、ブルーンスヴィック家のハンス少年であれ、彼ら彼女らは、Kを対話の相手に据えることで、みずからの人生を思い描き、夢想に表現を与えることができるだけでなく、Kに対する期待や注文をもためらいなく表明できる。また、KはKで、対話相手の人生設計にさまざまな形で介入を図り、しかもその発言の多くにおいて、みずからの村における地位の安定化を画策しようと、むき出しの打算をはたらかせる。Kも、対話相手も、打算的である点においてはどっこいどっこいである。だれもが大きな問題をかかえている。しかし、それらの問題群はたがいに無関係であるはずがない。

ありとあらゆる問題が「たがいに境を接して」おり、どれかだけが単独で決着をみるということはありえない。

『城』を特徴づけている第二の特徴は、そこではKがだれにもまして問題をかかえこんだ選りすぐりではなくなっているということである。「城」は「測量士」を標傍する胡散臭い「よそ者＝外国人」をさしあたり手中におさめることで、新しい「労働」の可能性を試しているにすぎないのだが、Kが村でおこなった「測量＝フィールドワーク＝対面カウンセリング」の営みは、かりにKが志なかばで死に絶えたとしても、その記憶を通して、村のなに者かによって新たな伝統として引き継がれていく可能性を秘めている。『失踪者』のカールや『訴訟』のヨーゼフの死が無駄死にに終わる虚しさを漂わせているのに対して、Kの来るべき死は、「恥辱」塗れになるおそれと無縁で、「脇の方に押しのけられる」というような静けさ・幽（かそ）けさとも違った、それなりに集団的な哀悼の形をともなうものでありえたのではないだろうか。

最後に、第三の特徴としては、『訴訟』などで「罪」の内面化とはまったく無縁な「刑罰小説」の形を示したカフカが、この晩年の長篇においては、いかなる「罰」とも無縁な人間の死の形として「疲労」を大きく主題化したことが挙げられるだろう。

病気を患っている者はもちろんだが、健康な者にもまた（過信の結果として）いつ襲いかかってこないともかぎらない「疲労」という兆候は、「疲労回復」の道を断たれたとき、致命的なものとなる。『訴訟』のヨーゼフは、過労死を迎えるより前に処刑されてしまうが、「瞬時の死」を手にたずさえた死刑執行吏がしゃしゃり出てこなかったならば、同じく過労で斃れていたことだろう。『失踪者』のカールの場合も同様であった可能性が高い。「緩慢な死」を迎える者は、いつも決まって憔悴しきっている。どんなに能天気に生きているように見え、どんなに賃労働と無縁な日々を送っているように見えても、「緩慢な死」を迎える人間は、老いも若きも分け隔てなく、果てしない、それこそ数字では測りようのない「労働」に身をすりへらしているものなのである。

『城』という小説は、そうした「疲労」の極に追いこまれた者が、それでもたずさわらないではいられない「労働」の形として「浮浪＝測量」という徘徊行動を大きく提示した物語である。

◆

ドイツ語の「城（シュロース）」は動詞の「とざす（シュリーセン）」から来ている（チェコ語をはじめとするスラヴ語の多くでも名詞の「城」は動詞の「とざす」に由来する）ため、「城」という以外に「錠」という意味がある。それは外部からの侵入に対して堅く身をとざしているものだが、外部からの介入なしには永久に身を開くことがない。カフカはかならずしも最終的な開城——開錠を念頭において、この物語を書いたわけではない。

バルナバスが出入りを許されている部屋〔中略〕から先は柵がしてあり、柵のむこうには、さらにべつの部屋があるのです。〔中略〕彼が通りこしていく柵〔中略〕は、彼がまだ越えたことのない柵と外見上ちっとも違わないのです。

外からはどうにも窺い知れない「城＝錠」の仕掛けを知ること。主人公のKは「城＝錠」の内部に関して、バルナバス一家の経験を聞きかじることで知るだけなのだが、「城＝錠」の前庭である村のなかで「浮浪者」としてのKがくりひろげる「測量」の中身も、やはり「城＝錠」の仕掛けを知るための作業の一部になる。それこそ、侵入＝介入をもくろむ者のチャージを阻むように見えるものが、案外、通路の確保を準備しているものであったりする。逆に、これこそ通路と見えたものがただの見せかけにすぎない場合もある（カフカの残した短篇「巣造り」を参照されたい。これもまたひとつの「城＝錠」のイメージである）。「城」や「錠」の攻略に手馴れた者になら、これくらいわかりきったことだろう。

「城破り」「錠破り」といえば、叛乱者や盗賊を思わせるが、「城＝錠」を前にして、ひたすら一進一退をくり返すKのような存在を、真綿のような「疲労」が包みこむ。ヨーゼフ・Kにとっての『訴訟』、カール・ロスマンにとっての『失踪者』が、「城＝錠」という装いの下にあらためて示されたのが『城』である。

「疲労」と闘いながら、なにひとつ「城＝錠」と無縁ではなさそうなひとびとの挙措や言動と向かい合うK。そんな「よそ者＝外国人」の存在が、自分たちの生活環境の変化を促す触媒たりうるかもしれないと嗅ぎつけてくる村人。それぞれにとって相手は、「鍵」を握る存在であり、いや「鍵」そのものなのだ。そして全身が鍵状となった存在は、「城＝錠」の存在をどこまでも補完しつつ、そこに存在意義を認められ、そして、すりへっていく。

イディッシュ語を聴くカフカ

ゲーテの恐るべき本質

カフカは、ゲーテについて論文を思いたったことがあった。結果的に、日の目を見るには至らなかったが、題がいかにもふるっている。「ゲーテの恐るべき本質」というのである（一九一二年一月三十一日付『日記』、TB 一七七）。

カフカが類を見ないほどゲーテに没頭したように思われるこの時期は、カフカが東ヨーロッパのユダヤ人文化に真っ向から取り組んだ期間に、ぴたりと一致している。一九一一年十月にレンベルク（現在はウクライナ領のリヴィウ）からプラハを訪れたイディッシュ劇団との濃厚な接触は、翌年の三月まで続いたが、この期間の彼の『日記』は、ゲーテに関するものか、でなければ、ほとんどがこの劇団にまつわる記述からなっている。カフカは、ゲーテを読むのと並行して、劇団の舞台に通いつめ、団員と交際し、またユダヤ史やユダヤ教、そしてイディッシュ文学に関する書物に読み耽っている。なかでも団員のひとり、イツハク・レヴィ（本書では、カフカの表記に従う）との友情は、レヴィがプラハを離れてのちも、長期にわたって続いていくことになる。そして、一方、ゲーテとイディッシュ文学に対する二重の傾倒は、一九一一年十二月二十五日付『日記』の「マイナー文学」をめぐる深い洞察に、最初の結実を見ることになる。

そのなかで、カフカは、少数民族の文学を見るうえで、イディッシュ文学とともに、チェコ文学の現状に対し、繊細な検討と洞察を加えているが、彼がそのなかから引き出した結論は、少数民族の文学には「文句のつけようのない国民的模範が欠けている」（TB 一五〇）ということであり、それが逆に「活発さ」につながっているということである。そして、カフカは、しめくくりに、こう言いきっている。「ゲーテは自分の作品の力によって、ドイツ語の発展をたぶん遅延させている。」（TB 一五三）

おそらく、カフカが「ゲーテの恐るべき本質」として考えていた内容は、このような大文学と小文学との対比という文脈に沿った何かであったろう。

つねづね、自分の貧弱な体に劣等感を抱きつづけていたカフカは、ゲーテと自分を比較するかのような、こんなメモまで書きつけている。

ゲーテの全身の美しいシルエット。この完全な人体を眺めたときに感じる、嫌だ、という副次的印象。というのは、この完成段階を越えるなどとは想像外のことであるが、しかし同時にこの段階がただ偶然によって合成されたものにすぎないようにも見えるからだ。しゃんとした姿勢、垂れた両腕、細い首、曲げた膝。(一九一二年二月五日、TB 一七九〜一八〇)

家父長的な威厳ある姿から逆算して浮かび上がるような、若き日の溌溂たるゲーテを前にしたカフカは、憂いをたたえ、無力感に手も足も出ないかのようだ。

しかし、この時代、カフカがゲーテに対して感じた不快と反撥は、これだけで語りつくしてしまえるようなものではなかった。というのも、実は、ゲーテこそ、ドイツ文学の伝統のなかで、おそらく最も早い時期にイディッシュ語に着目したひとりに他ならなかったからである。この事実は、自伝的作品『詩と真実』のなかに、ユーモアたっぷりに記されている。

ゲーテがまだ十二か十三であった、少年時代のエピソードである。当時、ゲーテは、何人もの家庭教師について、エリート教育を授けられていた。英語、フランス語、イタリア語、ギリシャ語、ラテン語。ゲーテは、いくつもの語学を細切れに習わされるお仕着せのルーティーンに、時に退屈をおぼえ、ある日、気晴らしに、小説を構想する。それは、ヨーロッパ中に散らばった六人か七人の兄弟が、各自それぞれの言語で報告を作成するという、いわゆる多言語小説の試みであったが、上から順番に選んで、最後に残った末っ子には、もう手ごろのものが見つからない。思案の末に考えついたのが、イディッシュ語であったというのである（もちろん、この時代に「イディッシュ」という言いまわしはなく、ゲーテは、「ユダヤ・ドイツ語」Jüdendeutsch、もしくは「ドイツ風ヘブライ語」Teutsch-hebräisch と表記している）。そして、小説のなかでは、その「わけのわからない暗号めいた文章」が、「兄弟たちを絶望させ、両親をその面白い思いつきで笑わせた」ことになっている。

ゲーテは、そのとき、実際にイディッシュ語をマスターしようと、ヘブライ語の教授を希望したという。イディッシュ語を知るには、まずヘブライ語から入るしかないと考えた彼は、「ユダヤ・ドイツ語に対するもくろみは隠しておいて、旧約聖書の原典をもっとよく理解したいからだ」と、利口ぶって、教師のまえに歩みでるのである。

そう言えば、カフカもまた、生涯のあいだに、幾度かヘブライ語を学ぼうとしたことがあった。理由は、シオニズム運動への共鳴や、ユダヤ人としてのアイデンティティーの問題等、さまざまである。しかし、一九一一年から一九一二年はじめにかけて、まさしくこの『詩と真実』を二読三読したカフカは、いったい巨匠のこの回想に何を見ただろうか。あいにく、カフカは、この点に関しては、何も書き遺してはいない。

ゲーテがイディッシュ語に関心を抱いたのは、少年特有の好奇心からであったに違いない。その彼のコスモポリタンな精神が、のちに彼の「世界文学」への志向へとつながっていったことも、容易に想像できる。しかし、カフカの場合、好奇心とコスモポリタニズムでイディッシュ文学への関心を説明することは、おそらく不可能である。カフカが生きた時代のプラハの生き残りであるパーヴェル・

アイスナーの言い方を借りれば、彼の属したプラハのドイツ人コロニーは、「一切のチェコ的なもの」の「排斥」という「抵抗、猜疑、尊大、つまりゲーテからマンに至るコスモポリタニズムのドイツ的伝統における明確なものすべての否定」(1)から成り立っていたのだ。カフカは、このプラハの環境の否定、つまりは否定の否定によって活路を開こうとはしなかった。ゲーテの大らかさは、カフカにとって羨望の対象ではあっても、同時に、きわめて目障りな、目の上のたんこぶであった可能性もある。いかにゲーテをはねのけようとしても、そのゲーテがあらかじめ敷いたレールのうえをしか進んでいけない自分に、カフカは、じりじりしていたかもしれない。

一九一二年二月十八日。日曜日。カフカは、プラハのユダヤ公会堂のホールにおいて、演壇に立った。イツハク・レヴィを起用しての朗読会で、企画者を代表して、挨拶がわりの講演をおこなうためである。当初、この計画には友人たちも参加する予定であったのが、司会者役が中途で降板を申し出るなどして、実質上、カフカは準備をほとんど一手に引き受けることになる。会場の準備や、あれやこれやの打ち合わせ、また警察への許可申請など、カフカは市中を奔走し、一方で、開幕の講演を準備すべく、予習にも余念がなかった。彼は、レヴィから貸してもらった、パリで出たばかりの、五百ページを越す『ユダヤ・ドイツ文学史』(2)を、「徹底的に、迅速に、そして喜びをもって貪るように読んだ」という(一月二十四日、TB 一七六)。二月十八日の講演は、まさにこの一連のカフカの情熱と努力の結晶であった。カフカは、講演を振り返り、「講演のせいで、ひと晩中ベッドの中で輾転反側し、体が熱くなって眠れなかった」とさえ、書き残している（二月二十五日、TB 一八二）。すでにレンベルクから来た劇団からカフカが受けた大きなカルチャーショックについては、徐々に目が向けられるようになり、[3] なかでもカフカが実際に接したイディッシュ演劇の諸演目と、のちのカフカの作品との照応関係を徹底的に洗いだしたE・T・ベックの『カフカとイディッシュ演劇』[4] は、この方面での画期的な達成であったと言えよう。いずれにしても、『観察』の出版、『判決』『変身』の脱稿、さらには『失踪者』の執筆と、カフカの生涯のなかでも最も多産であった時代へと、この時期は直結している。

「砂と星」

イディッシュ語の何たるかを知るのに、最もてっとり早い方法のひとつは、実際にテキストにふれてみることだ。それがどの程度まで「わけのわからない暗号めいた」ものであるのか、それを知るには、じかにイディッシュ語を見るしかない。

たとえば、ここに一篇の詩がある（次頁）。カフカがその企画に骨を折ったという一九一二年二月十八日の「東ユダヤの夕べ」で朗読されたイディッシュ詩のひとつである。長子を犠牲に捧げなければならないアブラハムに向けて神が下した約束――「あなたを豊かに祝福し、あなたの子孫を天の星のように、海辺の砂のように増やそう」（創世記22章17節）――を受けて、それは「砂と星」と題されている。

זאַמד און שטערן

עס שײַנט די לבֿנה, עס גלאַנצן די שטערן;
די נאַכט שוועבט אויף באַרג און אויף טאָל.
דאָס אַלטיטשקע ביכעלע ליגט פֿאַר מיר אָפֿן,
איך לייען עס, לייען עס טויזנטער מאָל.

איך לייען די הייליקע, טײַערע ווערטער;
מיר הערט זיך אַ שטימע: „איך שווער,
מײַן פֿאָלק, דו וועסט זײַן ווי די שטערן אין הימל,
ווי זאַמד אויפֿן ברעג פֿונעם מער!"

רבונו-של-עולם! עס וועט ניט פֿאַרפֿאַלן
פֿון דײַנע הבֿטחות קיין איין איינציק וואָרט:
מקוים מוז ווערן דײַן הייליקער ווילן,
אַלץ קומט אין זײַן צײַט, אויף זײַן אָרט.

און איינס איז שוין טאַקע מקוים געוואָרן—
דאָס פֿיל איך, דאָס ווייס איך געוויס:
מיר זײַנען געוואָרן ווי זאַמד וואָס איז הפֿקר,
וואָס יעדערער טרעט מיט די פֿיס...

יאָ, גאָטעניו, אמת, ווי זאַמד און ווי שטיינער,
צעשפּרייט און צעוואָרפֿן אויף שאַנד און אויף שפּאָט...
נו, אָבער די שטערן די ליכטיקע, קלאָרע—
די שטערן, די שטערן, ווו זײַנען זיי, גאָט?

かがやく月、きらめく星
夜は山に谷にかかる
私は古い書物を開いて
幾度となくそれをひもとく

聖なる御言葉をひもとく私に向かって
声がする——誓ってよい
わが民よ、汝らは空の星のごとく
浜べの砂のごとくになるだろう

みなに踏まれどおしです
神様！　聞いておられますか
あなたのお約束に嘘いつわりはないでしょう
あなたさまの意志はかならず全うされ
然るべき時と場所に実現されるでしょう

そして確かにひとつは実現されました

痛いほど身におぼえがあります
わたしたちは砂のごとく離散し
みなに踏まれどおしです

そうです神様、砂や小石はほんとうです
蹴散らされ、はずかしめと侮辱を受けました
でもそれなら、星は、あの明るく輝く
星はいったいどこへ行ったのですか神様?!

詩人のシモン・シュムエル・フルーグは、イディッシュ語詩人としてばかりでなく、ロシア文学に「離散ユダヤ人」の主題を導入した最初の詩人としても知られ、彼がイディッシュ語を用いて詩を書くのは、一八八〇年代に入って、アレクサンデル三世の皇帝即位とともに反ユダヤ人政策が強化され、ロシア各地でユダヤ人虐殺が多発するようになってから以降のことであった。概して都市集中型であったユダヤ人の人口分布からすれば、農村出身という異色の部類に属した彼は、農作業を通じての自然とのかかわりを積極的に描き、自然観察にすぐれ、タルムードのかびくさい匂いに美学を見ていたユダヤ人の文学伝統のなかに新風を吹きこんだ詩人としても知られた。ただ、ここに挙げた「砂と星」に限っては、これはまさしく「離散ユダヤ人」全体に通じる気分に満ちた、きわめて民族的な

内容の詩だと言えるだろう。

さて、この詩の言語である。この言語がわけがわからないその元凶は、何といっても、文字である。ヘブライ文字を流用したものにすぎないが、この外観上の障害が、「暗号めいた」というその印象のほとんどすべてであると言っても過言ではない。それならば、この障害を試しに取りのぞいてみようではないか（次頁）。

これで当初のとっつきにくさは、かなり消え去ったと思う。いくつかの語彙、特に、下線部を施した箇所さえ除けば、ほとんどドイツ語の方言程度の差異しか、そこにはないことも、わかるはずだ。せいぜい、母音の交替（GLANTSN / glänzen; ShOYN / schon、他）、複数形（ShTERN / Stern, Sterne）、形容詞格変化（DI HEYLIKE WERTER / die heiligen Wörter）、人称代名詞（WIR / mir）[5]の差異、あるいは二重否定の有無（NIT KEYN / kein）あたりに、言語学者の興味をそそる事項が散見されるにすぎない。つまり、少数の語彙だけでも除いてしまえば、ドイツ語を解する人々にとって、イディッシュ語は、けっして聴いて理解できない種類のものではない。文字という障害のない、芝居や朗読の形式においては、多分にそう言える。

それでは、違和感を残すそのいくつかの語彙について、こまかいことではあるが、個々に即して見ていくことにしよう。

まずは、ヘブライ語・アラム語系の語彙についてである。文中に実線部で示したことばは、それぞれ、たとえば『現代ヘブライ語辞典』のなかに簡単に見出すことができる。〈LEVONE〉は、

ZAMD UN ShTERN

ES ShAYNT DI LEVONE, ES GLANTSN DI ShTERN;
DI NAKhT ShVEBT AF BARG UN AF TOL.
DOS ALTITShKE BIKhELE LIGT FAR MIR OFN,
IKh LEYEN ES, LEYEN ES TOYZNTER MOL.

IKh LEYEN DI HEYLIKE, TAYERE VERTER;
MIR HERT ZIKh A ShTIME : "IKh ShVER,
MAYN FOLK, DU VEST ZAYN VI DI ShTERN IN HIML,
VI ZAMD AFN BREG FUNEM MER !"

REBOYNE-ShEL-OYLEM! ES VERT NIT FARFALN
FUN DAYNE HAFTOKhES KEYN EYNEYNTSIK VORT:
MEKUYEM MUZ VERN DAYN HEYLIKER VILN,
ALTS KUMT IN ZAYN TSAYT, AF ZAYN ORT.

UN EYNS IZ SHOYN TAKE MEKUYEM GEVORN –
DOS FIL IKh, DOS VEYS IKh GEVIS:
MIR ZAYNEN GEVORN VI ZAMD, VOS IZ HEFKER,
VOS YEDERER TRET MIT DI FIS...

YO, GOTENIU, EMES, VI ZAMD UN VI ShTEYNER.
TSEShPREYT UN TSEVORFN AF SHAND UN AF ShPOT...
NU, OBER DI ShTERN, DI LIKhTIKE, KLORE –
DI ShTERN, DI ShTERN – VU ZAYNEN ZEY, GOT ?! ...

女性名詞で、「月」をあらわす。また〈HAFTOKhES〉は、「約束」の複数形という具合である。〈REBOYNE-ShEL-OYLEM〉に至っては、元来、「天地創造の神」をたたえる用語であったのが、今日では、戦後のユダヤ系アメリカ人の英語のなかにもよく用いられ、神に向かって何事かの証人たることを要請する、かなり強い言いまわしとして使われるようである。[6]

もっとも、イディッシュ語におけるヘブライズムは、単なる転用に限られるわけではない。たとえば、文中の〈MEKUYEM〉は、本来「場所」あるいは「場所の選定」をあらわす〈MEKEM〉から来ているが、イディッシュ語において、それは生成の動詞〈VERN〉(ドイツ語のwerdenと同根)と組みあわさって、「実現される、全うされる」の意味に使われ、この種の用法は、「迂言動詞」と呼ばれる。

このように、本来の品詞とは異なった役割を単語に持たせる例としては、動詞〈HEFKER〉「さまよう」を、形容詞として、be動詞〈IZ(<ZAYN)〉とともに用いる例や、普通「真実」を表す〈EMES〉が、「確かに」というような副詞として用いられる例も、その部類に含まれる。

それでは、ヘブライ語系の語句以外に、イディッシュ語のなかにどのようなことばが入りこんでいるか、さらに見ることにしよう。この十九世紀末のテキストが、たとえばゲーテの語学力でどの程度までカバーしうるものであったのか、その可能性を考えるためである。

たとえば、波線を付した〈LEYEN〉(不定形は〈LEYENEN〉)はどうだろう。これは、通説ではラテン語から来たとされ、イディッシュ語がライン河流域で生まれた十世紀前後に、たとえばラテン語の〈legere（読む）〉が、leg->lej->lei->liei->li-i>li と変化してフランス語の lire ができあがったのと同じ経路をたどりながら、途中から枝分かれし、そして〈LEYENEN〉の形に定着したと言われている。[7] もっとも、その程度のことをかぎつける能力ならば、古典主義者のゲーテが、備えていたとしてもおかしくはない。〈MER〉に関しては言うまでもないだろう。

それでは、ユダヤ人がドイツを離れてのちに、語彙のうえで、新しく供給源となったスラヴ系のことばはどうか。

文中、点線で示した箇所のなかで、まず〈BREG〉「岸」は、西スラヴ語——チェコ語の břeh、ポーランド語の brzeg——に由来する。西スラヴ語特有の［ř］音（作曲家 Dvořák の［ř］）は、イディッシュ語のなかに入ると、たいてい［r］に置き換わるのである。[8] また、〈TAKE〉「かくして」「確かに」は、スラヴ語ではおなじみの taki, tako などから来ている。

そして、主に日常語のレベルで強くはたらいたスラヴ語の影響は、語彙そのものよりも、さらに縮小辞、愛称語のうえで、圧倒的である。イディッシュ語は、本来、口語的な言語であり、逆に文語的・宗教的・学問的なヘブライ語と競合関係にあるというよりは、むしろ補完的な言語であった。したがって、おのずと女子供のことばと見なされることも多く、たとえば子供をあやす表現等のレベルにおいて、最も本領を発揮する言語であった。それは近代以降のドイツ語のなかでは、地域的な方言的用法としてしか認知されないような縮小辞、たとえば「砂と星」のなかから拾うなら、三行目の〈BIKhELE〉あたりは、イディッシュ語が、この方面の接尾辞をいかに大切に保存してきたかを、雄弁に物語っている。しかし、これにスラヴ系の接尾辞が、大量に加わるのである。たとえば、点線を付した〈ALTITShKE〉と〈GOTENIU〉は、ドイツ語の alt「古い」と Gott「神」を語根に持つが、語尾の -itshke 及び -eniu は、-inke と並んで、スラヴ語において最も典型的な愛称語をつくる語尾なのである。スラヴ語は、もともと、世界の言語のなかでも、この種の表現に恵まれた言語のひとつとされているが、ある二十世紀のポーランド人作家は、たとえば次のように言っている。

> 世上、フランス語こそはもっとも完璧な言語とされている。フランス人はなんというか、petit（ちいさい）petiot（ちび）très petit（とてもちいさい）――せいぜいそんなところだ。一方、われわれのほうは、実に豊富です。mały（ちいさい）malutki, maluchny, malusi, maleńki, malenieczki, malusieńki（いずれもとてもちいさいの意）といった具合です。
>
> （ゴンブローヴィチ「ステファン・チャルニェツキの手記」[9]）

この豊富な語尾が、スラヴ語からイディッシュ語に流れこんできた理由としては、ユダヤ人の家庭に雇われた住みこみの乳母や女中や家庭教師たちが、土地の言語で子供に語りかけ、そうした女性たちを介して、幼児語を中心に、スラヴ系の接尾辞が入りこんだことが挙げられる。[10] その用例は、固有名詞 KhAIMKE（<KhAIM）、MOYShENIU（<MOYShE）に始まり、HARTSINKE（<HARTS「心」）

や ZUNENIU（<ZUN「息子」）など、KLEYNITShKE や KLEYNINKE（ともに <KLEYN「小さい」）などの形容詞、さらには、ESINKEN（<ESN「食べる」）という例まであるという。[11]〈ALTITShKE BIKhELE〉というのは、つまり二系統の語尾が混在して用いられた例ということになる。そして〈GOTENIU〉に至っては、ユダヤの神を表すのに、たとえばドイツ語のように、それをあらわす直接的な語を、ヘブライ語が敢えて持たないがゆえに、まず Gott が利用され、それにさらにだめを押すように -eniu が貼りついた、イディッシュ語ならではの、出入りの多い表現となっている。そこには、峻厳なユダヤの神というより、身近で、おまけに乳くさい、神のもうひとつの側面が、面影として漂ってさえいる。こうして、東欧のユダヤ人のあいだには、従来のタルムード学を中心にしたユダヤ教とは、性格を異にする、もうひとつの土着的なユダヤ教が、生活に密着しながら、浸透していた。東欧のイディッシュ文化とは、ヘブライズムに対抗するわけではないにしても、少なくともそれに対して矯正的な役割を果たすサブカルチャーを形成していた。

実は、イディッシュ語は、父や母をあらわすのにさえ、スラヴ語に全面的に依存している。たとえば、イディッシュ語で、イディッシュ語そのものを指す場合には、MAME-LOShN が一般的であるが、これを字面通りに訳せば、「母(マメ)-語(ロシュン)」になる。ヘブライ語は、「神聖語」LOShN KOYDESh と呼ばれるのに対して、女子供の言葉、つまりは乳ばなれのできていない人々の言語というほどの意味なのだろうが、MAME は必ずしも幼児語ではない。れっきとした父や母を指すのにも、イディッシュ語では、TATE と MAME の方に軍配があがっている。そして、これに啓発されたせいだろうか。カフカは、『日記』のなかに、こんなふうに記している。

母は一日中働いていて、成り行きしだいで陽気にもなれば湿っぽくもなるが、それを自分自身の状態にかこつけるようなことはまったくない。母の声は澄んでいて、普通の話には大きすぎるが、しかし人がしょんぼりしている場合、少しあとになって突然母の声を聞くと効果がある。〔中略〕「ところが」きのう気づいたことだが、ぼくが母を、それが母にふさわしいほどに、またぼくにも可能なほどにいつも母を愛してきたと言えないのは、もっぱらそのドイツ語が妨げになっていたからである。ユダヤ人の母は、〈母（Mutter）〉ではない。このムッターという名称は、ユダヤ人の母を少し滑稽なものにしている（われわれはドイツにいるのだから、この名称そのものは滑稽でないにしても）。われわれはユダヤ婦人に、ドイツ語のムッターという名前を与えるが、しかしそのときそれだけ一層重苦しく感情のなかへ沈みこむ矛盾を忘れている。〈ムッター〉という言葉は、ユダヤ人にとってとりわけドイツ的で、これは無意識のうちにキリスト教的な立派さとともにキリスト教的な冷たさをも含んでいる。だからムッターという名称で呼ばれるユダヤ婦人は、滑稽なものになるばかりか、よそよそしいものになるのだ。ママの方が、もしその言葉の背後に〈ムッター〉を考えさえしなければ、もっとよい名前であろう。ぼくは、今でもユダヤ人街の記憶だけがユダヤ人の家庭を支えている、と思う。なぜなら、父（Vater）というドイツ語も、とうていユダヤ人の父を意味しないからである。

（一九一一年十月二十四日、TB 八一～八二）

のちのカフカの父との闘争は、父親自身より、むしろドイツ語の「ファーター」との戦いだったかもしれないのである。

イディッシュ語のハイブリッドな性格について、カフカは、詩の朗読会に先がけた講演のなかで、こう言っている――「ジャルゴンの端から端までに、民族移動がおこなわれるのです。ドイツ語も、ヘブライ語も、フランス語も、英語も、スラヴ語も、オランダ語も、ルーマニア語も、それにラテン語でさえも、このジャルゴンの内部では、好奇心と軽はずみによって理解されているのです。こうした状態に置かれた各国語を一まとめにするだけでも、たいへんな努力を必要とするでしょう。」（RJ 二六九）おそらく、この「好奇心」と「軽はずみ」のうちにこそ、イディッシュ語の本質は潜んでいるのに違いない。カフカはイディッシュ語のなかに、何よりもそれを感じ、またユダヤ人のたどった運命をいくらかでも聴き取ったはずだ。

「イディッシュ語についての講演」

カフカは、この「講演」で、イディッシュ語の概要につき、きわめて正確、かつ簡潔な報告と説明をおこなっている。イディッシュ語の起源やその現状を伝え、またそれがユダヤ人にとっての「外来語ばかりからできている」ことについて、概略的にまとめながら、カフカは、それらのことばが「採り入れられたときのあわただしさと溌溂さとを、いまもなお保存している」などと、非常に詩的な表現で、それを補ったりしている。カフカは、この講演のために必要であった基本的な教養を、レヴィの口から、そして足りないものについては、ピネスの『ユダヤ系ドイツ文学史』を読むことで補ったのだが、そのはしばしに、カフカ持ち前の直観と修辞を見てとることは、さして困難なことではない。

つづいてカフカは、イディッシュ語と中世高地ドイツ語との親近性についても触れながら、ここでは具体例を混じえ、つづいて、近代高地ドイツ語よりもはるかにイディッシュ語の方に、中世以来の形が数多く留められていると言い、「いちどユダヤ人ゲットーに入ってきたものは、そう簡単には出て行かない」(RJ 二七〇)などと、機知をすべりこませてもいる。要点を盛りこみながら、雄弁術を十分に駆使するカフカの力量は、ここにはっきりと垣間見ることができるのである。

しかし、仮にこの講演が東ヨーロッパのユダヤ人の詩の朗読を準備する前置きにすぎなかったとして、だからといって、カフカの本来の意図が単なる情報提供にあったということと、それは同じではない。カフカは、次に朗読が予定されている作品について、簡略な紹介を試みてはいるが、「こんな説明はなんの役にも立ちません」と一方的に言い切ってしまい、だいたい彼には、それらの詩が聴衆にどのように鑑賞されようと、そこまでふみこむ気持ちも余裕もなかった。彼は、単に、聴衆がイディッシュ語を理解してくれること、聴衆に対して、それを彼らが聴いてわかってくれることだけを希望し、すべてをそこに託していたかのようである。ただ、それははたで考えるほど容易なことではなかったし、むしろはるかに困難なことでもあった。

この講演のなかで、カフカは再三にわたって、イディッシュ語がいかに容易に理解しうる言語であるか、聴衆に説得を試みている。彼は、ひとまず「解説者」である。しかし、彼は「解説者」としての自分に対して、ただちに懐疑的な態度を示すようになる。彼は、イディッシュ語の何であるかを解明すればするほど、それが逆効果となる危険性を懸念し、また彼は、ドイツ語とイディッシュ語の類似性を、聴衆が鵜呑みにすることについても、注意深く警鐘を鳴らす方向へと進むことになる。

まず第一の危惧について、カフカは次のように言及している――「以上のお話からみますと、敬愛する淑女紳士諸君、あなた方の大部分の方々は、ジャルゴンなんてひとこともわからないだろうと、早まったお考えをなさるかもしれません。〔中略〕あなた方にどうしてもジャルゴンがわからないのなら、この席でどう説明してもむだなことです。精々のところ、説明だけがわかって、面倒なことが始まったなと思われるくらいのものでしょう。結局はそんなものかも知れません。」（RJ 一七〇）つまり、イディッシュ語をめぐって自分が客観的に何か知識を授ければ授けるほど、聴衆に距離感を植えつけ、彼らはしらけてしまうのではないかという懸念である。

これに対して、第二の危惧は、これとはまるで正反対の方向を向いているように思えるかもしれない。カフカは、ドイツ語を解しうるという能力こそ、イディッシュ語を理解するための鍵であると告げ、聴衆の優越感をくすぐっておきながら、それがデメリットへと移行する可能性を匂わせる方に、にわかに転じるのである。「ドイツ語ができる人なら誰でもジャルゴンを理解することができるのです」と言った舌の根も乾かないうちに、彼は、「ジャルゴンはドイツ語に翻訳することができません」と、急転させる（RJ 二七二）。聴衆がイディッシュ語をただのドイツ語として聴き、頭のなかでいとも容易にドイツ語へと置き換えて、それで理解したことにしてしまう危険性を考慮した発言なのだ。カフカは、イディッシュ語を、エキゾティックな外国語としても、逆に耳馴れた言語の一種としても聴いてはならないと、ほとんど無理難題を聴衆に押しつける、袋小路にみずからはまりこんでいく。

それでは、カフカは何をどのように要求しているのだろうか。

ここで考えるべきは、聴衆の側の問題についてである。というのは、この催しの場所からしても、聴衆のほとんどすべては、おそらくユダヤ人であったろう。そして、当時のプラハのユダヤ人に関しては、カフカがらみで、これまで多くのことが語られてきたが、なかでも重要なポイントは、宗教的にはかならずしもそうは言えなかったにせよ、彼らが、少なくとも文化的には、ドイツに同化した人々であったということである。これは別にプラハに限らず、ゲットーが名目上消滅して以降の西ヨーロッパ全体の傾向であり、西欧文化に同化し、そのなかで名誉ある地位を得ようとする近代ユダヤ人の出世主義が、古く、スピノザは例外としても、ゲーテの同時代人であったモーゼス・メンデルスゾーンあたりから、多くの知識人を西欧社会に輩出するに至ったことは、知られる通りである。そして、これらはすべてユダヤ人の意識革命のしからしむるところであり、したがって、プラハのユダヤ人と呼ばれる人たちが、意識のうえで、ドイツ人にみずからなりすましているものたちの集まりであったと、大雑把ながら考えることに、さして誤りはないはずである。

また、このことは、彼らが、イディッシュ語を話すような東ヨーロッパの蒙昧なユダヤ人に接する機会を、ほとんど持たなかったことも意味している。そればかりか、意識的にであれ、無意識のうえであれ、彼らはイディッシュ語に象徴されるようなすべてを、拒否し、敬遠し、それに対して警戒心をいだいていたに違いないのである。カフカがこの講演において、最も手強いと踏んでいたのは、まさしくこの近親憎悪の感情であった。

カフカが、はじめから次のような言いまわしを用いているのには、このような現実が背景としてあった。

> 今夜あなた方ひとりびとりのために用意されている効果については、私は実はすこしも心配しておりません。〔中略〕しかしそれも、あなた方の大多数が、まるで顔になにかついているみたいに、ジャルゴンをこわがっていたのでは、決して期待できません。（RJ 二六八）

もちろん、カフカは冒頭から高飛車に出るわけではない。彼は、何とかして聴衆に歩み寄ろうと、ことばをやわらげる術を心得ている。

わが西ヨーロッパの状況は、もしも私たちが慎重な一瞥を与えるならば、すべては平穏な運行を示している、ともいえるような有様です。私たちはまさによろこばしい親睦の中で生活している。必要があれば、たがいに諒解し合うことができる。私たちの都合しだいでは、相手なしでもやっていける。しかもその場合にも、たがいに諒解し合っている。そのような状況下において、ごたごたしたジャルゴンを誰が理解できましょうか。誰がそんな気を起すでしょうか。（RＪ 二六八〜二六九）

しかし、カフカは、まず聴衆の拒否反応と、朗読に先がけて戦っておかなければならなかった。それは、単なる「解説者」の役割をはるかに踏みこえた、彼にとってあまりにも荷の重い、ほとんど精神科医の分析にもなぞらえうるほどの、繊細を要する作業であったに違いない。

おそらく、イディッシュ語を外国語として突き放すことは、彼ら聴衆の常套手段と言ってよかっただろう。また、これもまたドイツ語なのだと言い聞かせさえすれば、ドイツ語に対するあこがれとコンプレックスの塊であった彼らは、かえって心を開いた可能性だってある。しかし、仮にそのどちらであったとしても、それでは何ら解決にも、治療にもなるはずがない。カフカは、意図する方向へと聴衆をいざなうべく、ありとあらゆる可能な道を、先まわりして閉ざしてしまうのである。

そして息を整えるように、「砂と星」をはじめ、詩を足早に紹介したのち、再び本質論に立ちもどることになる。

けれども、敬愛する淑女紳士諸君、皆様は単にドイツ語という遠くはなれた地点からジャルゴンを理解できるだけではないのです。もう一歩近くへよって下さい。すくなくともあまり遠くない昔、ドイツ系のユダヤ人の打ちとけた交際用語は、彼らが都会に住むか田舎に住むかに応じて、また東よりの地方に住むか西よりの地方に住むかに応じて、多少遠近の差はあっても、ジャルゴンの前段階のように思われたものです。その余韻は今もいろいろと残っております。こんなわけで、ジャルゴンの歴史的発展は、歴史の底においてのみならず、現代の表面においてもたどることができるはずのものであります。（RJ 二七一）

ここで、カフカはプラハの聴衆に向かって、あなた方は実はほとんどイディッシュ語のすぐそばまで来ていると言っている。彼らは、それを聴いてわかるどころか、ほとんど同じ種類の言語のなかに生きていはしないか。考えをあらためるべきは、あなたたちなのだ。わからないと言うことは、隠しごとをするのと同じことなのだ。

抵抗、否認、抑圧、隠蔽にたちむかうには、おそらく、脅迫もまた、手段のうちである。カフカの調子は、きわめて強いものになってゆく。

カフカがどの程度までイディッシュ語を理解したか、われわれにはなかなか知る手立てといっても限られている。しかし、少なくともひとつだけは断言できる。たとえば「砂と星」のテキストをとった場合、ゲーテに較べると、カフカやプラハのユダヤ人たちは、はるかにイディッシュ語に近い場所にいたはずなのだ。

言うまでもなく、プラハはチェコ人の町である。カフカがチェコ語に関心を持った数少ないドイツ人の一人であったことは知られているが、それは程度の問題でしかない。理解しないことと、理解しないふりをすることとは、別のことだ。仮にチェコ語を巧みにあやつることとは、理解しても、彼らは、一人残らず、チェコ語と隣あわせに生きてきたはずなのである。それはかりではない。アイスナーの表現を借りるなら、スラヴ人女性とユダヤ人とのあいだの「エロティックな共生」(12)——女中と子供、あるいは娼婦と青年——の洗礼を回避することは、彼らにとってもほとんど不可能であったに違いない。彼らは、〈ALTITShKE〉や〈GOTENIU〉がイディッシュ語のなかに生じた状況と、まるで同質な環境のなかで成長してきたに相違なく、彼らはこれに相当するものにどこかで触れえたはずだし、もしこれを否認するというのであれば、そうした彼らこそ、責められてもおかしくはない。

これは、ヘブライ語についても同様である。彼らは別にシオニストでなければならなかったわけではない。カフカの父は、息子の悪友マックス・ブロートを「血迷った癇癪持ち」messhuggener Ritoch——〈MEShUGEN〉は「気の違った」(משוגען)、〈RITOKh〉は「怒りっぽい人」(現代ヘブライ語では「ラトホン」(רתחן)につながる隠語であったのだろう)——と呼んで、罵ったという(一九一一年十月三十一日、TB 九四)。シナゴーグという、ユダヤ人にとっての聖域の言語がヘブライ語であったことは言うまでもないが、宗教を離れても、このような隠語がいきなり口をついて出てくるような環境に、彼らプラハのユダヤ人たちは生息していた。ヘブライ語の習得を一から始めなければならなかったゲーテの場合とはわけが違うのである。プラハのユダヤ人は、東ヨーロッパのユダヤ人との接触なしにも、諸言語のアマルガムを実現しており、彼らは、イディッシュ語に違和感を覚えるどころか、あまりの親近性に驚いて然るべきだったのである。その両者のあいだに、決して境界や断絶を見てはならないと、カフカは結論する。

イディッシュ語を聴いた聴衆が、その中に自分たちのことばを聴き取り、そのことに驚いて、かつ心の垣根を取り除き、東ヨーロッパのユダヤ人と彼らとのあいだに、共感と連帯が芽生えるよう仕向けること。カフカは、まず必要な知識をつめこんだ上で、朗読に臨むのとは反対の、まず聴いてわかってみてから、いずれあらためて、なぜそれがわかるのか、問い直す方法を、聴衆に選びとらせようとする。カフカによる「イディッシュ語についての講演」は、そのための準備作業に他ならなかった。

皆様の中に知識のほかに、いろいろな力や力の結合がはたらいており、そのおかげでジャルゴン

を感じつつ理解できるのだということを、皆様が考えて下さるならば、皆様はもうジャルゴンのすぐそばまで来ているのです。〔中略〕くよくよしていれば、理解は逃げてしまうのです。だが、皆様が静かにしていらっしゃれば、皆様は突然ジャルゴンの中へ入ってしまうのです。（RJ 二七一〜二七二）

のす

これでは、まるで催眠術師の口調ではないか。はたして、このような手の込んだレトリックが、実際に効を奏しえたかどうか。ひょっとしたら、やはりカフカは、性急にすぎ、なげやりにすぎたかもしれない。しかし、講演に際して、聴衆を前にしたカフカの姿は、フェリーツェ・バウアーを前にした、強引で、また小心なカフカ、あるいはチェコの若い作家グスタフ・ヤノーホを前にした時の、一方で教師的でありながら、反面、追いつめられた獣にも似たカフカへとつながっていくような気がする。

カフカにとってイディッシュ語の中身はもうどうでもよかった。ただ、イディッシュ語という驚異に彼自身おののき、その驚異を、彼は周囲のユダヤ人と分かち合おうとしただけなのである。

カフカとドイツ語

カフカは、標準的なドイツ語と方言的なドイツ語との偏差に悩まされた作家の一人であった。別にカフカに限らず、プラハのドイツ語作家は、総じて、この傾向にあったと言われる。たとえば、ヴェルフェルは、毎夕、ドイツ語の修辞学の練習をし、リルケは「後年にいたってもなお、廃れた単語を探しもとめて、パリの図書館で、辞書をいくつもめくっていた」[13]という。ただ、ここでわれわれが言うのは、かならずしもこのことではない。

マックス・ブロートの手で公表された、現存するカフカの『日記』を開くと、冒頭から二つ目に、いきなり次のような断片が目に跳びこんでくる。

> 〈彼がいつもぼくにたじゅねるたびに。〉このじゅが、文章から離れて、ボールが草原の上を転がってゆくように飛び去った。（日付なし、TB 二）

この「たじゅねる」の「じゅ」は、Wenn er mich immer frägt（標準ドイツ語では fragt）の〈ä〉のニュアンスを伝えるための工夫だが、「フラークト」fragt が「フレークト」frägt になってしまう背景にイディッシュ語の「たずねる」FREGT があると考えれば、謎はたちまち氷解する。[14]

しかし、カフカが、方言を微妙に聴きわける耳の持ち主であるのは、その偏向を排し、告発し、その方言を使用する人間について思いやる思考を一切停止させてしまう人々と同じ立場に固執するためではない。彼は、訛のうちに潜む強い振動に、純粋に共鳴してしまう。それは、ほとんど不意討ちのようにカフカの耳を襲い、彼を当惑させるのである。

> 列車が通りすぎるたびに、見物人たちが立ちすくむ。（同前）

〈彼がいつもぼくにたじゅねるたびに。〉この〈ä〉が、文章から離れて、……

『日記』の冒頭を飾る、二つの断片は、一見、つながりのない羅列のように見える。きわめて日常的な光景と、超現実的な妄想。それらは、かけはなれたもの同士の衝突が火花を散らすといった種類の並置なのだと、ついわれわれは考えてしまいがちだ。ところが、見かけとは逆に、この二つはほとんど対句のように共鳴しあっている。それらは、ともに不意討ちの強度を的確に押さえようとしている。カフカにとって、〈ä〉は、周囲の人間の体をすくませる通過列車に他ならなかった。彼にとって、イディッシュ語とは、「不意討ち」の泉であった。

もっとも、カフカは実際に方言を用いる作家ではなかった。カフカは、イディッシュ語への共鳴を、その方言を用いることで、態度にあらわす作家ではなかった。もちろん、表だって、イディッシュ語作家を標傍したこともなかったが、バベルの塔に挑戦するかのごときゲーテに見られる野心さえ、彼にはなかったし、カフカは、ゲーテ以降のドイツ文学に流れる、密かな伝統からも疎遠であった。

ドイツ文学という枠組みのなかで、イディッシュ語を記述し、部分として文学的な効果を追求するという伝統は、カフカの同時代人、グスタフ・マイリンクをもかすめていると、ゲーテからマックス・フリッシュに至るまでを、この特異な観点によって繋げてみせたアルトハウスは言う。[15] たとえば、『ゴーレム』のなかに、ゲットーの音楽師が、イディッシュ語なまりの唄を歌う場面がある。

Hörndlach ess' i' ach geern　食べたくてたまらない、三日月さま
Rothboart, Grienboart　ロットバルトとグリーンバルトが
allerlaj Stern　いろんな星に

ユダヤ人が過越の祭に食べる星や月の形をしたパンを歌ったもので、ユダヤ人は、この祭日に、イーストの入ったパンを食べることを禁じられていたのが、心ない男たちの手によって、パンに毒（つまりイーストのことである）を盛られ、汚された忌まわしい出来事を背景にしており、このような場面の挿入は、カバラーに裏打ちされたこの神秘主義的な幻想小説のなかでは、プラハのゲットーというエキゾティックな空間を構成するうえで、非常に効果的である。またその特殊な訛（Hörndlach は、普通なら Hörnchen だし、Grienboart も、Grünbart の変形）は、ゲットーの住人の性格描写の役割を十分に果たしている。

しかし、カフカは、この衒学的なマイリンクと無縁であったように、また、東ヨーロッパのユダヤ人世界の真只中に生まれ、のちに小説やルポルタージュ作家として名を馳せることになる土着作家ヨゼフ・ロート風のジャーナリスト的な態度からも、隔たっている。カフカは、ゲーテになれなかったのと同じくらい、マイリンクにも、ロートにもなることを望まなかったし、そうあろうとしても出来る立場にはなかった。

しかしそれでもなお、カフカがイディッシュ語を遠ざける作家でなかったことは、ずっと見てきた

とおりである。カフカは、イディッシュ語をドイツ語と完全に区別して、囲いこむことはしない。彼は、むしろあくまでドイツ語内部の問題として、イディッシュ語の処理を考えた。いや、逆かもしれない。いったい、カフカのドイツ語をイディッシュ語と呼んでいけない理由が、どこにあるだろうか。静止するということのない、この伸縮自在の言語においては、逆に、FREGTをFRAGTと書いたとして、それを咎めるなにものも、そこには存在しないのである。カフカは、プラハのユダヤ人が書くドイツ語を、ゲーテのドイツ語とは違った何かとして、つまり隅から隅まで「不意討ち」に溢れる言語として、改造しようとしたと言うべきだろうか。「ひからびた言語、チェコ語やイディッシュ語の混ざりこんだ言語としてのプラハ・ドイツ語の状況が、カフカの発明を可能にすることになる」[16]というわけだ。

一九一七年のブロート宛の手紙のなかで、友人イツハク・レヴィの言語についてカフカが言っている事柄は、このことと無関係ではない。

ポーランド演劇の観客で、ユダヤ演劇のそれとちがう点を、彼はこう指摘する、燕尾服化された(frakierte)紳士と、部屋着化された(negligierte)淑女、これ以上見事に言い表せないけれども、ドイツ語としては抵抗がある、しかもこれに類したことが沢山ある、彼のことばがイディッシュ語とドイツ語の間をゆれていて、よりドイツ語に傾いているだけに、見かけ倒しのところがそれだけよけいにはげしく光ってくる。(BR 一九四)

この手紙それじたいは、レヴィの才能のいちいちに、カフカがどれほど個人的に惚れこんでいたかを物語っているが、ここからもわかる通り、カフカは、ゲーテのドイツ語よりも、はるかに強くレヴィの使うドイツ語（ここではフランス語の「男の正装」frac と「女の部屋着」négligé を対比した皮肉）に惹きつけられている。それは、ドイツ語でも、イディッシュ語でもなく、この二つを水準の異なった言語として使い分ける文学技法を不可能にしてしまうような境界的な言語であった。カフカは、レヴィの表現が、いちいちドイツ語として抵抗のある表現かどうか、気を配っているように見える。しかし、それは保護者然として、レヴィの体面を傍から気づかっているというのではない。ましてや、ドイツ語の規範を番人のように見張っているのでもない。むしろ、カフカは、そのドイツ語の限界を見届けたうえで、その「見かけ倒し」の、山師的な身軽さを、最大限に利用しようとしているのだ。カフカは、frägt の〈ä〉に嫉妬するように、レヴィの操るアクロバティックなドイツ語に、この上なく嫉妬している。カフカがイディッシュ語からくみとった力は、あまりにも大きいが、これは、好奇心でも、博愛心でもなく、嫉妬の力によるものであった。

おそらくこの嫉妬そのものは、われわれからすればおよそ量り知れないものの部類に属している。しかし、われわれは、少なくともイディッシュ語を聴くカフカの耳に対して、抑えようのない嫉妬を抱くのである。

注

（1）パーヴェル・アイスナー『カフカとプラハ』金井裕・小林敏夫訳、審美社、一九七五、二一頁。

（2）Meyer Isser Pinès, *Histoire de la Littérature Judéo-Allemande*, Paris, 1911.

現ベラルーシ領のマヒリョウ（モギリョフ）に生まれたメイエル・イセル・ピネスがフランス語で書いた同書（ソルボンヌ大学に学位論文として提出されたとか）は、その後、イディッシュ語やロシア語、ドイツ語にも訳されたという。「批判版」Kritische Ausgabe の『日記』*Tagebücher*, herausgegeben von Hans-Gerd Koch, Michael Müller und Malcom Pasley, S. Fisher, 1990 には、一九一二年一月二十六日付の記載につづけて、同書を読み進めたことの分かるメモや抜き書きが、抜粋ではあるが収録されている（S. 361-367）。これはいまだ日本語には訳されていないが、「講演」に向かってカフカがいかに猛勉強をしたかがみてとれる。

（3）日本で最も先駆的な紹介として登場したのが、上田和夫氏のドイツ語論文だった――Kazuo Ueda: "Franz Kafka und die jiddische Literatur (I) (II)" in *Research Report of the Kôchi University*, Vol. 31/32 (1982/1983).

（4）Evelyn Torton Beck: *Kafka and the Yiddish Theater*. The Univ. of Wisconsin Press, 1971.

（5）W. B. Lockwood: *An Informal History of the German Language*. André Deutsch, 1976, p. 252.

（6）Leo Rosten: *The Joys of Yiddish*, Penguin Books, p. 312.

（7）Max Weinreich: *History of the Yiddish Language*. The University of Chicago Press, 1973, p. 106.

（8）Weinreich: *op. cit.*, pp. 583-584.

（9）ヴィトルド・ゴンブローヴィチ『バカカイ』工藤幸雄訳、河出書房新社、一九九八、三〇～三一頁。

（10）Weinreich: *op. cit.*, p. 537.

（11）Lockwood, *op. cit*. pp. 248-249.

（12）アイスナー、前掲書、五二頁。
（13）ヴァーゲンバッハ『カフカ』塚越敏訳、理想社、一九六八、六八～六九頁。
（14）ここで用いた谷口茂訳では、「これをユダヤ人がよく犯す誤りである」という、同『日記』の仏訳者であるマルト・ロベールの注釈を補足説明として書き加えてある（TB 二）。
（15）Hans Peter Althaus: "Soziolekt und Fremdsprache — Das Jiddische als Stilmittel in der deutschen Literatur", in *Zeitschrift für Deutsche Philologie*, Bd. 100 (Erich Schmidt, 1981), S. 212-232.
（16）Gilles Deleuze, Félix Guattari: *Kafka, Pour une littérature mineure*. Les Editions de Minuit, 1975, p. 37.

オドラデク／名前の憂鬱

放蕩息子

プラハでの衝撃の出会いから数年後、イツハク・レヴィとの友情を記念して、カフカは、その生い立ちをもとに、ユダヤ人の一演劇青年を主人公にした一代記を計画したことがある。ワルシャワの敬虔なハシディストの父親のもとで、厳格なタルムード教育と精進を強いられて大きくなったレヴィは、ワルシャワの演劇に目醒めるや否や、正面から父親と衝突することになったという。レヴィが「燕尾服化(フラック)された紳士」や「部屋着化(ネグリジェ)された淑女」に出会うのは、ちょうどこのころのことだ。このユダヤ版「ウィルヘルム・マイスターの修業時代」の試みを、カフカは、結局、やりかけのまま放棄してしまうが、安息日もわきまえず市中をほっつき歩く息子に向かって、レヴィは、かつて父から、こう言われたという——「倅や、肝に銘じておくんだよ、こんな事をしていると、遠くへ、じつに遠くへ逸れていってしまうのだ」と。そして、レヴィの運命は「まったく父の言ったとおり」になったのである（「ユダヤ芝居のこと」、JT 一二〇）。

カフカがレヴィから学んだのは、東方ユダヤ人の「ジャルゴン」についてばかりではなかった。ハシディズム的伝統の真只中で育ったレヴィは、東欧のユダヤ宗教の伝承や風俗に関しても、情報源を提供しえたにちがいないが、レヴィが果たした役割は、単なるインフォーマントの域をはるかに越えていた。

頭の堅い両親からすれば、ほとんど「不浄（トレイフ）（טרײף）な肉」、要するに「豚肉（ハゼル）（חזיר）」にも等しかった世俗的な演劇（JT 一一六）にかぶれ、十七歳の年齢で完全に家を出た彼は、西欧世界の空気にひたろうと、パリに向かった。そのレヴィと知り合ってから間もないカフカは、『日記』のなかで、そのパリ体験を、ほとんどレヴィが乗り移ったかのようなスタイルで、こう要約している。

> レヴィの話と日記。ノートルダム大聖堂を眺めて彼がびっくりする話とか、動・植物園（ジャルダン・デ・プラント）でトラを見て、トラの暮らしを、食物で絶望と希望を満たす、絶望し且つ希望する人間のひとつの姿と見なして感動する話とか、信心深い父が彼の想像のなかで彼に、お前は土曜日に散歩できるのかとか、お前はいま現代書を読む暇があるのかとか、お前は断食日に食べてもよいのかと尋ねる話だ。ところが実は、彼は土曜日に仕事をしなければならず、およそ暇などなく、かつてどの宗教が定めたよ

りももっと多く断食している。彼が黒パンをかじりながら通りから通りへと散歩するとき、遠くから見ると、まるでチョコレートを食べているようだ。（一九一一年十月二十七日、TB 八六）

レヴィの口から聞いた動・植物園での印象は、将来「断食芸人」を書くことになる駆け出しの作家カフカの耳に、どのように響いたのだろうか。そのころ、カフカは、夏にマックス・ブロートと二人でパリを旅行して、戻って間がなかった。二人で組んで、紀行文を残そうという計画を中心に、カフカとブロートの交際が最も緊密に交わされた時期にも当たる。旅行記執筆のかたわら、カフカはパリ・コミューンを描いた歴史書に読み耽ったことも知られている。「人びとは去年の栗を食い、動・植物園の動物を食った」（TB 四六三）――『パリ包囲』という歴史書から切り取ったメモである。カニバリズムの問題と、父と子の戦いとの重ね合わせ。のちのカフカにとって、固定観念のひとつを形成するこの問題意識は、レヴィとカフカの精神的融合の深さを物語っている。

実は、カフカが父とのあいだで本格的な葛藤を演じはじめるのは、まさにレヴィとの蜜月期とも名づけることのできる、この秋であった。この時期の『日記』に登場する父ヘルマンは、あたり構わず人のことを罵倒し、中傷する、口汚い権威主義者の顔をしている。マックス・ブロートをつかまえて「血迷った痼癪持ち」と罵ったのも、この父であったし、レヴィに向かっても、父の毒舌は冴えわたっていた。のちに「父への手紙」をしたためる（推定では一九一九年に執筆）ことになるカフカは、そこでも父ヘルマンの毒舌を告発しないではおれない。

べつに、父親の口から、「直接、あからさまな罵倒の言葉を浴びせられた」という記憶はない、とカフカは書いている。しかし、「あなたの罵倒がほかの人に容赦なく浴びせられるのを聞くと、まだ年のゆかぬ少年であったぼくは、時折ほとんど耳がつぶれるかと思い、しかもそれを同時に自分のこととして受け留めざるをえませんでした。あなたが罵倒する人たちは、確実にぼくほどひどくはなく、またぼくほどあなたから不満に思われていたのでもないからです」（BV 一三四）――そして、父親の「罵倒」をこうむることになった一人に、作家カフカの成立を考えるときに、忘れてはならない友人が混じっていたのである。

ぼくがある人間にすこし関心を持ったというだけで〔中略〕あなたは、ぼくの感情など一切考慮せず、またぼく自身の判断を無視して、罵倒、中傷、誹謗を浴びせました。たとえばイディッシュの俳優レヴィのような、純粋無垢な、幼児のような人間も、これに堪えねばなりませんでした。あなたは彼を識りもしないのに、もう今は忘れてしまいましたが、とにかくひどい見幕で、彼を害虫に譬え、ぼくの気に入った連中にたいしてよくそうしたように、自動的に、犬と蚤の諺をもちだされました。（BV 一三〇）

これは『日記』にも言及されている「犬といっしょに寝ると、蚤といっしょに起きる」という諺のことだろう（一九一一年十一月三日、TB 九九）が、犬も蚤もいっしょくたにしたような「害虫」

Ungeziefer と、『変身』の主人公（＝グレーゴル）とは、どのような関係にあるのだろうか。

カフカには、一種の言霊信仰ともいうべき、奇妙な性癖がある。彼は、世の父親族が、いかにも「自動的」としか言いようのないやり方で口走る罵倒語を、ことごとく自分自身にはねかえらせ、一種の宣告、もしくは命令として受けとめる原始的な言語感覚の所有者である。『変身』に先がけて、カフカは、一種の転機と言ってよい「判決」のなかで、同じ技法を用いている。父が「おぼれて死ぬのだ」（UT 二九）と声をあげると、息子ゲオルグは、いきなり家をとびだして、川に身を投じる。「死ぬのだ」とは、確かに命令にはちがいない。しかし、形は命令でも、内容的には罵倒でしかない用語法というものが、われわれの周囲にはあふれている。逆に、これを命令としてとらえる精神は、ふてぶてしい感じさえしてしまうほどだ。ふてぶてしいという形容がふさわしいのは、かならずしも、罵られても罵られても、へらへらと笑っていられる開きなおりばかりではない。というのも、そのとき罵倒語は、本来の遠まわしの意図をはぐらかされ、罵倒する側の人間の期待や予測を残酷に裏切るからだ。

いったい、奴隷的な従順さとは何なのか。罵倒と命令とを、故意にか、無意識的にか、はき違えること。遠まわしの表現を、ことば通り真にうけてしまうこと。これは、言語能力を肥大させた人間ならではの倒錯と言ってよいかもしれない。父親のことばを一言一句おざなりにしてはならない立場にある子供たちの、精一杯の防衛手段であり、反動形成である、畸形的な行動様式。息子たるもの、父親から授かった名前に忠実な自分を築きあげる義務を背負っている。であればこそ、頭ごなしに浴びせられる父親の教育的な諸言語は、叱責、忠告、諫止、罵倒、はては命令までも跳びこして予言の色合いさえ帯びる。

実際、ワルシャワ生まれの、この放蕩息子の最期は、多くの東方ユダヤ人の例に漏れず、「害虫」の死以外の何ものでもなかった。カフカよりもずっと長く生きのびた彼は、ワルシャワ・ゲットーの住人の一人として、一九四二年、収容所へと引き渡され、「衛生」の名のもと、「絶滅」作戦の犠牲となった。べつにカフカの父親の告げ口のせいではないにしても、なるほど父親という存在のもの凄さを思い知らせるにたる符合がここにはある。

オドロデク・オドラデク

『村医者』に収められることで、カフカが生前に発表することになった数少ない小品のひとつである「家父の気がかり」は、カフカが書いたなかで最も不可解で、グロテスクな一篇として知られるが、「平べたい星形の糸巻きのよう」で、「どこに住んでいるの？」と訊かれても「わからない」と答える（SH 二三一～二三二）珍妙な生き物（物体？）の名前――「オドラデク」――に関して、これをもっぱらスラヴ語起源とすることで「神の意志に背いた者」der vom Rat Gefallener として理解したマックス・ブロート説(一)があり、さらに「チェコ語（および広く西スラヴ語）には「odraditi」という動詞が「ある人にあることを諫止するという意味である」ことをふまえて、「ある人にあることを諫止するという意味である」と結論づけたヴィルヘル

ム・エムリッヒの解釈もまた、ブロートを踏襲したものだといえるのだろう。(2)

また西スラヴ語話者の場合、〈odradek〉といえば、「できそこない」「変節者」を意味するチェコ語の〈odrodilec〉、ポーランド語の〈odrodek〉を連想することもありがちで、ブロートの説は、チェコ語に堪能だった彼からすると、これ以上、正解に近い解釈はなかったのかもしれず、エムリッヒは、それに加える形で、次々にさまざまな響きを〈Odradek〉のなかに聴き取ろうとしている。「一説によるとオドラデクはスラヴ語だそうだ。言葉のかたちが証拠だという。別の説によるとドイツ語から派生したものであって、スラヴ語の影響を受けただけだという」(SH 二三一)という一文がひとを謎解きへと導いているのである。

エムリッヒは〈Odradek〉の〈rad〉にもっとこだわるならば、広くスラヴ語で〈rad〉は「喜び」の響きを持つ(マリ(ア)・スクウォドフスカ=キュリーがみずから発見した放射性元素に「ラジウム」radium の名を与えたのは、ただラテン語の「光線」radius だけを念頭に置いていたのではなく、新元素発見の「喜び」を西スラヴ語母語話者なりにあらわそうともしたと、少なくともポーランドでは普通に理解されている)し、ドイツ語の〈Rad〉は「車輪」、そして「紡車」をも指す(「星形の糸巻き」!)という。(3)

「オドラデク」の語源談義は、そろそろこのあたりで切り上げるが、雑種的なもの――それは、カフカにとって、けっして意味のないものではない。離散ユダヤ人の記憶と、ドイツ語文学と、チェコ系の姓(カフカは、チェコ語の「こくまるがらす」kavka に由来する)。カフカ自身が、一種の雑種と言ってよく、東方から来たイディッシュ劇団の面々との交流を通じて、ユダヤ人意識を呼びさまされたカフカであってみれば、自分たちを結びつけているのが、ユダヤ性である以上に「雑種性」であったと考えたとしても誤りではないだろう。

たとえば、カフカの生前は未発表の短篇のひとつ「雑種」は、このようなカフカの境遇を寓意的に示した作品として有名だ。話者は、「なかば小猫、なかば小羊」という「奇妙きてれつな動物」（KR八八）を、父親から譲り受ける。周囲からも珍重され、からかわれたりもするが、そこそこかわいがられてもいた生き物は、時として「小羊と猫であるだけではまだ不満で、さらに犬にもなりたがっているみたい」（KR 八九）だという。なるほど、インディアンにあこがれ、中国人にみずからをなぞらえたカフカと、この畸形的な動物とのあいだに、類似点をみつけるのはたやすい。そして、こうした雑種的なものにたいする同化と偏愛の一環として、「オドラデク」を解釈するのも、方便ではある。語源的にそうだというだけではなく、現実に「オドラデク」は、あぶなかしい二本足で立ち、まさしく中途半端で、居所の定まらない、住所不定、アイデンティティ不詳の生き物なのだ。

いったい、「オドラデク」とは何なのか。「名前は？」と訊かれて、オドラデクは、判で捺したように、「オドラデク」と答える。要するに、「オドラデク」は、「フランツ・カフカ」というのと同じ資格で、文句なしに名前なのだ。しかし、それならば、「オドラデク」が、「オドラデク」に似ている必要はどこにもないことになる。だいたい、たかが名前くらいで、われわれは正体を見破られたりしてはならないのである。ただ、人は、とりわけ相手を罵倒するに際して、そのために準備された罵倒語で相手を名指す習性がある。ニックネームとは、そのようなものだ。反ユダヤ主義者が、相手を捕まえて「ユダヤ人」呼ばわりするとき、彼は相手を定義しているのではなく、名前をあたえて罵っているのである。「オドラデク」は、普通名詞と固有名詞のあいだを、振動している。それが一見バランスを失っているように見えるのも、ひょっとしたら、そのせいかもしれないのだ。

カフカのこのテキストが、何らかの形で、ルイス・キャロル的なナンセンスに満ちているとすれば、それは、「鞄語」的な、「オドラデク」の雑種性はそれとして、「名前」という概念の無意味さこそが問われているからである。いったい、そのもの固有の名前とは、何なのか。名前は、はたして意味をもつのだろうか。ただ、一個の存在を指す符号にすぎないのだろうか。

われわれは、一個の存在をさまざまに命名できる。それは、純粋な定義であったり、通称であったり、あるいはとっておきの真の名前であったりするだろう。ユダヤの神がそうだ——アドナイ、エロヒム、シャダイ、レボノシェロイレム、ＹＨＷＨ（ヤーヴェ、エホバ）……。あるいは、ユダヤ人の名前を例に取っても、同じことが言える。ユダヤ人の場合には、聖書時代の名前じたいが、それぞれ意味上の起源のある名前であったことが知られている。アダム（אדם）の名は「土くれ」（אדמה）から来ているし、イツァーク（יצחק）は動詞の「あざわらう」（צחק）から、ヨセフ（יוסף）は動詞の「殖やす」（יסף）からの転用である。逆に、近代のユダヤ人の姓の多くは、十八世紀から十九世紀にかけて、戸籍上の都合から、政治的に強制されたものがほとんどであって、きわめて事務的に与えられた名前として、職業から来たポルトノイ（ロシア語の「仕立屋」портной）やシュスター（「靴屋」）、父姓を借用したアブラモーヴィチ（「アブラハムの子」）やヤコブソン（「ヤコブの子」）、地名を採ったクラカウアーやモスコヴィチ、身体的な特徴に由来するシュヴァルツ（たぶん色が黒かった）やシュヴェイク（このユダヤ人は、非常に無口だったか、でなければ、よほどおしゃべりであったのだ――「黙れ！」）の例などは、よく知られている。名前の言語学とは、いかに杜撰で、しかも政治的なものであるか、わかるだろう。それを下手にほじくると、かえってボロが出ることになる。


「唄の名前は、〝鱈の目〟と呼ばれる。」

「まあ、そんな名前の唄なのですか。」

「いやいや、そう呼ばれているというだけで、ほんとうの名前は〝高齢者（ごろうじん）〟だ。」

「そう呼ばれているというだけなのね。」

「いやいや、唄そのものは〝手練手管〟と呼ばれるのだ。」

「それじゃあ、いったい、その唄はなんなの。」

「その唄は、ほんとうは〝扉のうえに腰かけて〟だ。」


（『鏡の国のアリス』第八章）

「オドラデク」は、何かを指し、あるいは意味し、命令し、定義するかもしれない反面、それ自体、〈Odradek〉という字面そのものを指し、意味し、命名し、定義するかもしれず、場合によっては、符号でさえなく、純粋な実体として言語的な表層としてのみ存在するにすぎないかもしれない。「オドラデク」とは、存在と名前とをめぐるこの曖昧さによって、「気がかり」の対象であるのかもしれないではないか。存在と名前は、たとえば「シニフィアン」と「シニフィエ」が一枚の紙の表と裏であるような背中合わせとは限らない。この短篇は、存在の物語ではなく、名前の物語としても考えなければならない。存在の憂鬱とは、名前の憂鬱でもあるからだ。

存在がそうであるように、名前もまた、何とかして現実に根を下ろさなくてはならない。ところが、「オドラデク」は、名前としても、なお居所が定まろうとはしない。

名前の不幸。それは、ユダヤ人の不幸だの、独身者の不幸だのと比べても、決して見劣りするようなものではない。いったい何であり、何に由来し、何をあらわし、また何を指すのか、そのおおもとからして不可解なナンセンス言語。いったいそれをどのようにして理解し、把握すればよいのか判断に苦しむような言語。それでもなおかつ存在との関係を完全には清算しきれない怪物。これこそが、「オドラデク」なのだ。

ユダヤ人。詩人。放蕩息子。あいのこ。害虫。罪人。メシア。神。はたして、これらの概念に、型通り属詞の一部として命題を構成する能力はあるのだろうか。罵倒、でなければ賞讃の文脈のなかでしか意味をなさない名詞というものが、われわれの周りには予想外に多い。ただ、ものごとの使用価値だけで物を判断できないカフカは、その内実にまで、ついつい踏みこもうとして、いよいよ憂鬱に陥るのである。

測量士

カフカが最後に取り組んだ長篇小説『城』の主人公Kについて、たとえばわれわれは、Kが、「土地測量士」であると、暗黙のうちに信じこんでいる。彼は、みずからそう名告り、また当局からもその資格に関して追認をとりつけたことに、一応はなっているからである。しかし、「土地測量士」は、はたしてほんとうに彼本来の職務であったと言えるだろうか。「いったいあなたはなんなの？」と尋ねられて、「土地測量士です」と答えうる程度には「測量士」であったには違いないとしても、それだけなら、「オドラデク」だって、そうなのである。

だいたい、この「測量士」は、肩書ばかり先行して、ほとんど内容が伴っていない。誰ひとり彼をKの名前で呼ぶことはなく、いったい、「測量士」とは、何をする人間のことを指すのか、想像もつかないという顔をしながら、まるで〈Landvermesser〉が彼の名前ででもあるかのように、人々は、彼を「測量士」の名前で呼ぶのだ。こうして、名前は、ひとり歩きを始める。Kという存在が、きわめて空虚に見えるのは、Kというイニシャルだけの名前もさることながら、「測量士」という肩書の有名無実さが原因の大半を占めている。存在と名前とが、けっして癒着することのない世界のあやふやさ。

命名行為の魔法は、カフカの場合、たとえば「害虫」と呼ばれただけで、「害虫」への変身が起こってしまう飛躍において顕著なのだが、逆に、この論理を用いれば、ひとは簡単に「メシア」にも、さらには「神」にさえ、なることができるはずだ。無謀な論理かもしれない。そんな変身は、不条理であり、奇跡を信じるようなものかもしれない。しかし、われわれが普通「任命」行為として認めることがらは、言い換えれば、不条理な変身以外の何ものでもない。ヨーゼフ・Kが、ある朝、突如として逮捕状をつきつけられるのも、グレーゴル・ザムザが「害虫」に変身するのも、仕掛けは同じである。ただ、その座りの悪さが、いかにもカフカにふさわしい物語を可能ならしめるだけだ。一旦、任を命じられたが最後、死なないかぎり、任は解かれない。カフカにおける変身は、命名行為と不可分に結びついている。

ただ、この命名行為の悪夢のような側面にばかり目を向けてはならないのだ。変身は、かならずしも凶事であるとは限らない。モーセは、神によって命名されることなしに、はたしてあの革命家にして、民族の指導者モーセたりえたであろうか。「学士院への報告」に登場する猿は、観客席から「まるで人間じゃないか」と叫ばれた瞬間から、人間への脱出を果たしたのだ。間違っても、人間によって捕獲され、猿じたいが人間を模倣しようと懸命にあがいた気の長い道のりのなかで、いつのまにか人間に変わっていたというのではない。指名行為の革命的な役割もまた、われわれを取り巻く世界の恩寵のひとつである。

それどころか、十七世紀のカバリスト、サバタイ・ツヴィは、まさしくこの論理を逆手にとって、みずからを「メシア」だと称し、人心を攪乱したのである。上位の何ものかによって、あらかじめ任命されるのを待たず、みずから名告りを挙げて、「変身」を準備すること。僭称者にとって、命名行為と変身とが連動しうる世界において、無謀さは、有効な突破口を切り開く最上の手段であるかもしれないのだ。それこそ、「測量士」とは、その意味内容ではなく、その無意味の形式において理解されるべきなのかもしれない。

たとえば、今日のカフカ学は、この「測量士」Vermesser に関してもまた、象徴的意味解釈の可能性を示唆しつづけている。たとえば、〈Vermesser〉の背後に、主人公のむこうみずな「厚かましさ」Vermessenheit を透かしみる解釈をはじめとして、極端な一例としては、「測量士」をあらわすヘブライ語〈MOShOAKh〉（משוח）が、「メシア」MOShIAKh（משיח）の語呂合わせになっているという、目の覚めるような説まで存在する。[4]『城』を執筆した当時、カフカのヘブライ語に関する知識は、捨てたものではなく、イツハク・レヴィの伝記を書き記そうとした「八つ折りノート」の後半部は、ヘブライ語の単語練習で埋めつくされていたともいう。[5]それに、『訴訟』のヨーゼフ・Kと比較してさえ、なるほど強引で、厚かましい、山師的な一面がないではないこの主人公は、その正体の曖昧さといい、周囲の胡散臭そうな眼差しといい、ユダヤ史のあいだでは前例にも事欠かない「贋メシア」そのものだと言ってよい風貌をしている。[6]この世界に、「メシア」だの、あるいは「革命家」だのが、もし登場する場合には、おそらくこのようなまやかしの手順を踏む以外の道は考えられないのだ。

あるいは〈Vermesser〉[7]が、イディッシュ語の「密告する」FARMASERN（פֿאַרמסרן）の語根にきわめて酷似していることに注目して、不穏な空気を周囲に漂わせるKの山師的なしたたかさを、そこに読み取ることも不可能ではない。「オドラデク」が、いかに解釈を施しても、それでもなお謎に留まりつづけているように、語義解釈は、われわれに迷宮以外の何ももたらさない。ことばの本質と意味にかかずらわるかぎり、われわれは途方にくれるしかないのである。

Kは、仮に「測量士」であろうとなかろうと、正体不明に変わりはない。誰ひとり、それはKでさえ、城のお偉方でさえ、それが何なのか、つきとめるものはいない。ただ、つねに名前の先行する世界のなかで、Kを特徴づけているのは、あくまで後手を排し、先手必勝を企てる強硬な姿勢である。彼は、外からの命名に身を委ねるのではなく、逆に先行するのだ。むろん、たちどころに変身が起こるという具合には行かない。少なくとも、「害虫」への変身だの、逮捕だののような、意表をついた電撃性は、この場合、欠けている。Kは、カフカの多くの作品がそうであるように、名前と実質のギャップのあいだをさまようだけだ。しかし、敢えて「測量士」を自認する能動的な姿勢において、Kという存在は、抜きんでている。ゲオルグ・ベンデマンの馬鹿正直さは、ここにおいて、まさしくツァラトゥストラばりの厚かましさにすりかわっているのである。

「いったいあなたはなんなの。」

「土地測量士だ。」

「なんなの、それは。」

Kは、説明をしたが、あくびをされた。

「あなたは本当のことを言わないのね。なぜ本当のことをいわない。」

「それを言うなら、あなただって本当のことを言ってはいない。」

「わたしが？　また厚かましい口をききはじめたわね。いったいいつわたしが嘘をつきましたか。

〔後略〕」

「あなたは、自分でおっしゃってるような、単なるおかみさんじゃありませんよ。」

「なんですって！　いろんなことを言う人ね。だったらわたしは何なんです。」

「あなたが何かなんて、わかりやしません。ただ、あなたはおかみさんなのに、着ている服がぜんぜんそうじゃない。あなたの格好は、おかみさんがするような格好ではありません。わたしの知るかぎり、村で誰ひとりそんな服を着ている人はいませんね。」

「ちょうどよかった、その話がしてみたかったところなのよ。あなたって思ったことは言わないでおれないたちなのよね。子供って、ばかなことといっぱい知ってて、それが言いたくてしょうがないところがあるけど、あなたって厚かましいっていうんじゃないわね。子供みたいなんだわ。〔後略〕」


「子供らしさ」と「厚かましさ」は、べつにこのおかみさんのように切り離して考える必要などない。「子供のような厚かましさ」こそ、「害虫」としてけむたがられ、おとしめられた存在にとって唯一の戦闘手段なのだ。「父への手紙」の終わり近くで、カフカは、父にこう叫ばせている――「わたしとおまえの仲が、闘いであることは認めよう。しかし闘いには二種類ある。まず騎士の闘い。それぞれれっきとした勇者同士が、力を競いあう。男一匹、負けてもひとり、勝ってもひとりだ。もうひとつは害虫（ウンゲツィーファー）の闘い。害虫（ウンゲツィーファー）はただ刺すばかりでなく、自分が生きのびるために、たちまち相手の血まで吸いとってしまう。これこそ本物の職業戦士であり、そしておまえがそいつなのだ。」（BV一六九）

奴隷的なふてぶてしさは、カフカにおいては、幼児的な退行を迫られる。たとえば「犬におなり！」という命令句を意図的に組織し、渇望するマゾヒストたちとは違い、カフカは、われわれを取り巻いている言語世界を文脈ごと断ち切ってしまうのだ。仮にカフカが革命を目指していたとして、それは言語革命以外の何であったろうか。この世界を支配する理不尽きわまる言語の横暴に、カフカは、けっして自暴自棄の姿勢をとったりはしない。言語の魔力を過信すること。むしろ、これはひとを救済に導くために残された唯一の手段なのかもしれない。むろん、それが、何にもまして憂鬱な手段であることは、言うまでもないにしても。

注

（1）マックス・ブロート『フランツ・カフカ』（一九五四）には、こうある——「これはスラヴ語が語源で、神の意志に背いた者の意味である」（辻瑆・林部圭一・坂本明美訳、みすず書房、一九七二、三二八頁）と。西スラヴ語なら〈rada〉に相当するドイツ語の〈Rat〉は「助言」というような意味のほかに「神の意志」（in Gottes Rat＝神の意志によってというような）をあらわすこともあり、そうした「神の意志（ラート）」に「背いた＝

abgefallen」のが「オドラデク」だという解釈である。

（2）ヴィルヘルム・エムリッヒ『カフカ論Ⅰ』志波一富・中村詔二郎訳、冬樹社、一九七一、一五〇頁。

（3）エムリッヒ、前掲書、一五一頁。

（4）Evelyn Torton Beck: *Kafka and the Yiddish Theater*. The Univ. of Wisconsin Press, 1971, p.195.

（5）『〔決定版〕カフカ全集③田舎の婚礼準備・父への手紙』（飛鷹節訳、新潮社、一九八一）の「訳者解題」には、レヴィから聞いたその父親の暴言――「倅や、肝に銘じておくんだよ、こんな事をしていると、遠くへ、じつに遠くへ逸れていってしまうのだ」が書きとめられている「八つ折りノート・第八冊」には、その「巻末に五十八ページ分、ヘブライ語習得のために書き抜いた単語集がある」と書かれており、しかも「（一九一七年）九月から十月に記入」とある（三四一頁）。

（6）「カフカを世俗的に読む」（『主体の変換』未来社、一九七九）の粉川哲夫は「村の権力機構は、一見その前近代的なよそおいにもかかわらず、Kがこの権力に対して投げつけた挑戦を寛容的に受けいれ、そうすることによって彼の挑戦を空無化してしまう抑圧的寛容の機能を十分そなえている」と喝破しつつ、しかし、だからこそ「こうした抑圧機構に対するKの闘いは、一種の革命的行為に近い様相をもおびる」と記していた（二六頁）。

（7）一九六六年にロンドンで刊行された『訴訟』のイディッシュ語訳（(Kval出版、メレフ・ラヴィチ訳）では冒頭部が次のようになっている――A PONEM AZ EMETSER HOT YOZEF K. GEMASERT（א פּנים אַז עמעצער האָט יאָזעף ק. געמסרט）。オリジナルで用いられている「密告した」verleumden がヘブライ語の「密告」MASER（מסר）を下敷きにした「密告する」MASERN に置き換えられているのだ。MASERN と FARMASERN はイディッシュ語ではほぼ同意語であると言っていい。また一九一二年二月の「東ユダヤの夕べ」で朗読されたなかの一篇（フリシュマン作「夜は静かだ」DI NAKhT IZ ShTIL）には「密告する」の意味で FARMASERN（פֿאַרמסרן）があらわれるのである。もう一篇の「新参者」DI GRINE（ロゼンフェルド作）が、米国への新移民を扱っていて『失踪者』の構想に関わっているという推理がなりたつなら、「夜は静かだ」が『訴訟』の着想を促したと考える余地もまた残されているだろう。

以下に、この詩の全文を訳出しておく。

テキストは上田和夫さんのドイツ語論文から拝借したが、イディッシュ語のローマ字表記にあたっては、ワインライヒ方式にそろえ、誤植と思われる箇所も修正した。ちなみにダヴィド・フリシュマンのこの詩は、ヘブライ語で書かれた（タイトルは「夏の夜」）が、イツハク・レヴィはそのイディッシュ語版の方を朗読したようだ。

Kazuo Ueda: "Franz Kafka und die jiddische Literatur (II)" in *Research Report of the Kôchi University*, Vol. 32 (1983) S. 18-27.

DI NAKhT IZ ShTIL, DI NAKhT IZ BLOY
MIR BEYDE GEYN TSUZAMEN:
ES ShLOFN ShTIL DI GASN ShOYN
NOR ShTIL ShTERN FLAMEN.

UN BLOY DI NAKhT, ShTIL DI NAKhT.
DI ShOTNS TUEN ZIKh YOGN!
IKh HER DEM VIDERKOL BAYM GEYN
DAYN HARTZ IKh HER ES ShLOGN.

夜は静まり、夜は蒼い
ぼくらは二人で連れだって歩く
もう街はおやすみの時間だが
星たちは音もなくちらちら燃える

蒼い夜、静かな夜
影法師が追いかけっこしている
歩きながらぼくの耳にはこだまする
はげしく打つ君の心臓の音

ZAY RUIK, KIND, LOZ RUIK ZAYN
DAYN OYFGEREGTE GEVISN!
DER TATE ShLOFT, DI MAME ShLOFT
UN WELN GORNIShT VISN.

落ち着きなさい、自分を咎める気持ちがあっても
落ち着かせるように
とうさん(ターテ)も、かあさん(マーメ)も眠っている
何も知ることはない

MIR GEYEN ShTIL, MIR GEYEN NOR.
DER DAYEN GEYT, DER ALTER
ER GEYT NOR MID, UN IN DER HANT
A ShVERN SEYFER HALT ER.

ぼくらは静かに歩く、ふたり連れだって
老いたユダヤの法官が歩いてくるけど
あの方は疲れ果てている
重たい書物を手にもっている

DER ALTER IZ A GUTER MENTSh,
UN VET UNZ NIT FARMASERN—
ZAY RUIK, KIND, UN HORKh, VI ShEYN
ES ROYShn ShTIL VASERN.

あの長老は人がいい
ぼくらのことを密告したりしない
だから静かに耳を澄ませてごらん
静かに流れるせせらぎの音の美しさ

DER ALTER GEYN IN ShUL ARAYN,
BANAKhT LERNT ER TOYRE,
UN UNZER SOD NEMT ER MIT ZIKh
AKh, KIND, VOS HOSTU MOYRE?

長老は学び舎(シナゴーグ)に入っていく
夜っぴいて律法(トーラー)を学ぶのだ
ぼくらの秘密など内に秘めて
なのに、何を恐れる？

UN UNZER SOD BAGROBT ER DORT
ARAYN IN ZAYNE SFORIM.
ZEY ZENEN AZELKhN SOD
NOR HEYLIKE, ShTILE KVORIM.

UN FUN DI ShTILE KVORIM VET
DER SOD TSUM HIML FLIEN,
UN FAR DI FIS FUNEM GUTN GOT
VER ER ZIKh FAR UNZ MIEN.

そして彼はぼくらの秘密を
書物のあいだにまぎれこませ
書物もまた秘密だ
神聖にして静まりかえった墓場

そしてその静まりかえった墓場から
秘密は天上へと舞いあがり
善良なる神の足元で
ぼくらのことを取り次いでくれるだろう

雑種の死

カフカに「雑種」Die Kreuzungという短篇がある。話者は、父親から「奇妙きてれつな動物」を譲り受ける。それは「なかば小猫、なかば小羊」で、猫のような肉食にも、羊のような草食にも向かず、赤んぼのように「ミルクで飼」われている（KR 八八）。ところが、そのぶん、この生き物は「どうやら胸に二種類の胸さわぎを宿し」ていて、「ふたつも宿していると、胸が窮屈で、はりさけんばかりになるらしい」のだ。その上「小羊と小猫であるだけではまだ不満で、さらに犬にもなりたがっている」という（KR 八九）。カフカとはこういった雑種に特有の思考に与えられた名前である。

カフカは雑種との出会いを通し、まるで外部にみずからを映し出すようにして、自身の輪郭を見定めるのである。ここで見るのは、カフカが生涯に遭遇しえた雑種の一例としてのイディッシュ語との関係についてである。

雑種の死？

「神の子＝イエス」というような詭弁も「法王（パパ）と信徒」という擬似家族主義をも退けることによって、家父長制的な血縁共同体を営んできたユダヤ教社会は、たとえばその上に接ぎ木されて発生したキリスト教のそれと比べて、はるかに系統性・正統性を重視する社会であった。この特徴は、中世から近世にかけてのカバラー神秘主義やマラーノ神学、さらには終末論的なサバタイ主義を経ながらも終始一貫して受け継がれ、ユダヤ性に付随する雑種性は、イディッシュ語に代表される世俗文化の形式においてしか顕在化することがなかった。ところが、カフカはまさにイディッシュ語の雑種性に向き合うことによって、みずからのユダヤ性の問い直しを試みたきわめて例外的なユダヤ人作家のひとりであった。

イディッシュ語の母体は十世紀ラインラント周辺で話されていた中世高地ドイツ語であったと言われる。つまり、ユダヤ人がそこでは中世高地ドイツ語を用いていたというだけのことにすぎなかったのだが、かねてからバビロニアで、ギリシャで、ペルシャで、イベリア半島で異教徒の言語を共有しながら生き延びていったユダヤ人は、ここでも祈禱語（トーラーの一言語）という文字言語をかたくなに維持することによって、こと世俗的な言語使用の面では、異教徒たちの言語や文化を無抵抗に摂取した。宗教的な純血主義と世俗的な実用主義の使い分けのなかで、離散ユダヤ人の言語政治は遂行されたのである。

ところが、まもなくイディッシュ語がユダヤ性を色濃くまとうようになる。中世ドイツ都市にゲットーが形成されると、ユダヤ人のドイツ語はしだいにユダヤ化（ヘブライ文字による表記、およびヘブライ語・アラム語起源の語彙の流用ほか）しはじめ、それはおのずと隠語的な性格を強めることになった。そして、そのゲットーさえもが彼らの身の安全を保証しなくなったとき、ユダヤ・ドイツ語を話すひとびとの多くは、東方のスラヴ語使用地域への移住にふみきった。十字軍戦争時代の混乱期を経て、ボヘミアやポーランドの国王があいついでユダヤ商人の受け入れを推進したことが、その直接の契機になった。いつのまにか中世ユダヤ・ドイツ語は、ドイツ語使用地域（白山（ビーラ・ホラ）の戦い以降は、ボヘミア地方もこちらに含まれるようになる）の外にあふれ出し、新しい進化の段階に入る。トーラーの言語を核としながらも、共同体内部の日常語としてイディッシュ語を用い、異教徒との接触においてはスラヴ語を用いなければならない多言語使用生活を余儀なくされた彼らは、他のゲルマン諸語との接触機会が薄れた東方世界で、唯一のゲルマン語使用者として成熟していったのである。

ところが、このようにしてドイツ語への後戻りがきかないほど雑種化を推し進めていた東方イディッシュにとって、十九世紀・二十世紀は新たな受難の世紀となった。ハプスブルク帝国の領土拡大（とりわけポーランド分割によるガリツィア併合）を契機に、イディッシュ語使用者とドイツ語世界のあいだの隔壁がふたたびとりはらわれ、ドイツ語の純血性とイディッシュ語の混血性をめぐる戦いが、言語問題、民族問題、そして人種問題へと発展していくのである。

十八世紀末から十九世紀にかけてのドイツ文芸復興運動のなかで、モーゼス・メンデルスゾーンが果たした役割は、きわめて逆説的である。旧約聖書のドイツ語訳ほかを通してマルティン・ルターの系譜の上にみずからを位置づけようとしたメンデルスゾーンは、イディッシュ語使用者の蒙昧に、ドイツ語使用者の知性を対置しながら、イディッシュ語に対するドイツ語の優位を説いた。異教徒ばかりかユダヤ教徒のなかにさえイディッシュ語の撲滅を至上命令とみなす反ユダヤ主義が生まれうる土壌は、こんなふうにしてドイツ語圏に切り拓かれたのである。後に第一次世界大戦における独墺軍の東進、また東ヨーロッパからのユダヤ難民の西進を介して、ドイツ語とイディッシュ語の近親憎悪にも似た対立関係は、そのままホロコーストへと受け継がれる。十九世紀半ばのウィーンや二十世紀初頭のベルリンは、ドイツ語を話すユダヤ人とイディッシュ語を話すユダヤ人の何世紀かぶりの再会に場を提供することになった（同種の場面は、ニューヨークにおいても、ドイツ系ユダヤ人移民と東ヨーロッパ系ユダヤ人移民との確執の形をとって繰返された）。

一方、十九世紀になると、このドイツ啓蒙主義者たちの近親憎悪的なイディッシュ語蔑視とは別に、ヘブライ語啓蒙主義（そしてシオニズム）の台頭が、イディッシュ文化の自由な発展にとって新しい脅威となった。それまでイディッシュ語が世俗言語である限りにおいて、それとの使い分けを許してきた古風なヘブライ語が、みずからも世俗的な啓蒙主義の武器であろうとして、しだいにイディッシュ語の領分を侵かすようになったからである。

そもそも十九世紀イディッシュ文学でさえ、はじめは啓蒙主義的なヘブライ語刷新運動の付録として誕生した。ヘブライ語の優位を信じるものにとって、文字は共通していても、所詮は異教徒の言語から派生したイディッシュ語は、ユダヤ的な仮面を被った借物でしかなかったのである。ロシア最大のヘブライ語詩人ハイム・ナフマン・ビアリークがキシニョフ（当時はロシア領ベッサラビアの県都だったが、現在はモルドヴァの首都キシナウ）でのポグロムを歌った詩「虐殺の都市」にイディッシュ語で接したカフカが、「詩人は、キシネフのユダヤ人迫害をユダヤ民族の将来のために利用する目的で書いたこの詩を、もともとのヘブライ語からイディッシュ語に自ら翻訳したが、それはできるだけ多くの人に読んでもらうためであって、詩人はこれ以外にヘブライ語からイディッシュ語に身を落としたことはない」（一九一一年十月二十日、TB 七五）と『日記』のなかでも書き加えなければならなかったように、シオニストたちがイディッシュ語使用者に植えつけようとしていたコンプレックスは強烈なものであった。「なかば小猫、なかば小羊」の雑種がそうであるように、「なかばユダヤ語、なかばドイツ語」の怪物は、ミルクでしか飼うことのできない「気がかり」の対象でしかなくなってしまう。「もしかしたら、この動物にとっては、肉屋の牛刀こそ救いなのかもしれないが（中略）ここはやはり、自然に息を引きとるまで待ってもらわねばならないところである」（KR 八九）と書くことで小品を締めくくったカフカは、雑種の未来を語りながら、ナチズムに屈し、シオニズムに屈するしかなかった、後にイディッシュ語のたどることになる運命をもまた、結果としては予見していたことになる。

イディッシュ語とは？

しかし、第二次世界大戦後の数十年間まで多くのユダヤ系市民にとって「母語」でありつづけたイディッシュ語は、ユダヤ系移民の離散にともない、二十世紀に入るとその使用分布がヨーロッパからアフリカ大陸・南アフリカ・豪洲にまで広がった。そして、それは植民地主義の拡大とともに地球上の各地に発生したクレオール諸語と同じく、多くの困難を背負いながらも、その困難さを創造性に結びつけるさまざまな文化的実験を担った。

厳密な言語学的な分類からすれば、特定の言語（イディッシュの場合は中世高地ドイツ語）との系統的類似性の強いイディッシュ語は、クレオール語ではないが、小猫でも小羊でもない雑種言語としての誇りからすれば、イディッシュ語はどのクレオール諸語よりも、長い自負の伝統を有してきた。それが雑種であるが故に甘んじなければならなかった不幸と、逆に雑種であったが故に獲得しえた幸福の両面において、イディッシュ語は、クレオール諸語が歩んだ運命を同じく生きた。国家語として機能しない、各国に散らばった東欧系ユダヤ人にとっての「リンガ・フランカ」としての運命を、である。

イディッシュ語は、原則として世俗的な言語であり、文字以前の口承文化を支える言語であった。しかし、世俗的であればあっただけ、かえって公的な宗教権力によって保証されることがないぶん、民間的な呪術の領域では重要な役割を果たすことになる。それまで呪術的な祈禱によって、ひとびとを癒していたにすぎなかったユダヤ教の魔術師たち（聖職者）が、ひとびとに対して、言葉によって語りかけ、その対話的な関係性を通して、神と人間との関係の回復を促すことを目指すようになったとき、イディッシュ語は東ヨーロッパにおいて、世俗的なだけでなく、民間信仰・民間医療の言語へと変質した。「ハシディズム」の名で知られる十八世紀から十九世紀にかけてのユダヤ版宗教改革運動は、端的に言えば、トーラーの言語にしがみついていた黴臭いラビ権力に対する世俗言語の反乱であった。民間宗教家（ツァデク）や吟遊詩人（バトフン）がタルムード学者の文字偏重に警告を発し、民衆との対話的関係を優先せよと訴えかけたのが、まさにハシディズムの波及効果であった。

新しく台頭してきたユダヤ啓蒙主義者たちは、ハシディズムを蒙昧の巣窟とみなし、ハシディズムを目の敵にしたが、フロイトの精神分析学やマルティン・ブーバーの対話思想に与えたハシディズムの影響は無視できないほど大きい。逆に言えば、ハシディズムの伝統は、東ヨーロッパのユダヤ人にとって二十世紀思想の受容をきわめて容易にしたのだ。ニーチェに傾倒したイディシストのなかには、『ツァラトゥストラ』のなかにハシディズム的教えを見出したものまでいたほどである（そのイディッシュ語訳は、ニーチェがドイツで反ユダヤ主義の先駆者として利用され始めていた一九三〇年に完成している）。

また、世俗的イディッシュ語は、社会主義運動家によっても宣伝の武器として大いに活用された。ボリシェビキ革命以前の社会主義運動は、無数のセクトに分岐し、イディッシュ語使用者に囲まれて育ちながら、ポーランド語をへて、最後にはドイツ語によりどころを見出したローザ・ルクセンブルグのような国際派もあれば、シオニズムとの抱きあわせで、後の「キブツ共産主義」の理想を夢見た民族派もいた。しかし、当時のロシア（ポーランドとリトアニアを含む）のユダヤ社会主義者の連帯と結束を呼び掛けた通称「ブンド」（一八九七年創設）の指導者たちは、イディッシュ語以外を解しない一般大衆のなかに「身を落とす」ことの重要性を説くことで、結果としてユダヤ人労働者の組織化に成功した。

また、東ヨーロッパを去って新天地を求めたユダヤ系移民にとって、言語・文化的同化に至るまでの暫定的な措置として、イディッシュ語使用の権利を求める要求は、「文化喪失」acculturation を防止する上で一定の成果をかちえた。ブール戦争後、急激な移民の増大に手を焼いた南アフリカで、移住者の資格認定に課されるヨーロッパ言語の学力試験の選択肢のなかにイディッシュ語をも追加するようにというユダヤ移民の要求が受諾されたというような経緯もあった。

こうして、近代ヘブライ語による文学創造の開始とほぼ並行して近代イディッシュ文学の伝統が築かれようとしていた十九世紀から二十世紀初頭にかけて、イディッシュ語をめぐる論議が、さまざまな領域で活発に交わされた。カフカは、まさにイディッシュ語をめぐる論議が最も白熱していた時期に、他のイディシストとはまったく異なった角度からイディッシュ語に向き合った作家なのである。

カフカがレヴィを通じてイディッシュ語に目を開かれる三年前の一九〇八年、当時のオーストリア領ブコヴィナ（現在はウクライナとルーマニアの一部）の中心都市チェルノヴィツ（現在のチェルニウツィ）でイディシスト会議が開催された。この会議にはオーストリアやロシア（ポーランドを含む）はもとより、遠くは合衆国からもイディシストが集まり、熱心にイディッシュ語の未来について議論がたたかわされた。この会議の最大の目標は、西欧言語への同化を主張する啓蒙主義者やシオニストたちからイディッシュ語を「ひとつのユダヤ言語」A YIDIShE LOShN（これは、「これぞユダヤ語」DOS YIDIShE LOShN としてのヘブライ語の地位を決して揺るがすものではなかった）とみなしてよいという承認をとりつけることにあったが、その過程で、イディシスト相互の見解の相違もまたはっきりと浮彫りにされた。たとえばこの会議の発起人のひとりであったナータン・ビルンバウムにとって、イディッシュ語はいかなる国家のなかでもユダヤ人の民族語として定着していくべき選ばれた言語であった（彼自身はイディッシュ語を母語にはせず、ウィーンの同化ユダヤ人の家庭に生まれていた）。一方、ワルシャワのイディッシュ語作家イツホク・レイブシュ・ペレツにとって、イディッシュ語は、ヘブライ語はもとより、ロシア語、ポーランド語、ドイツ語、さらには英語やフランス語とともに、ユダヤ作家がさまざまな実験を通してみずからを表現するのに相応しい言語のひとつにすぎず、洗練されたイディッシュ語を確立することと、イディッシュ語以外の言語を文学言語として用いることとの禁止とは別問題であった。こうして、ビルンバウムは言語学的なイディッシュ語研究の進展を促し、ペレツはカフカまで含めた後世のユダヤ文学の多面的な発達を促す、それぞれの分野でのパトロン的な存在となるのである。

しかし、こうして会議まで開いて「数あるユダヤ語のなかのひとつ」としての称号を授かった言語が、それから百年のあいだに地球上から消えていこうとしている。そんな今日からふりかえるとき、イディッシュ語の未来に対する「気がかり」を単純に放棄してしまったかのようにみえたイディシストの有頂天を尻目に、この一匹の雑種の将来をひとり孤独に案じていたカフカは、ある意味で不吉な存在であった。

ビルンバウムとカフカ

一九一二年のはじめ、カフカがレヴィとの友情の成果として「東ユダヤの夕べ」というイディッシュ詩の朗読会を準備中であったころ、カレル大学のユダヤ系学生組織バール・コクバ主催の講演会に、講師としてビルンバウムが呼ばれてきた。ちょうど「東ユダヤの夕べ」の基調講演の草稿作りに頭を悩ませていたカフカにとって、この講演会は待ちに待ったものであったに違いない。ところが、『日記』を読む限り、この講演のあと、カフカはビルンバウムの碩学に目をみはるどころか、むしろ過剰なまでの対抗意識に燃えたようである。

ナータン・ビルンバウム博士が〔ドイツ語で〕講演をする。話がつかえると、〈わが敬愛する紳士淑女諸君〉とか、ただの〈わが敬愛するみなさん〉という言葉をさし挟む東ユダヤ人の癖。これがビルンバウムの話の出だしで繰返されて失笑を買う。しかし、ぼくがレヴィから察しうる限りでは〈つらいなあ!〉Weh ist mir! とか、〈そうじゃないんだ〉S'ist nischt だとか、〈これを話すと長くなる〉

S'ist viel zu reden というような、やはり東ユダヤ人の会話によく現われるごく普通の言い回しは、狼狽を隠すつもりのものではなくて、東ユダヤ人の気質のせいでいつも相変わらずあまりにも重苦しくよどんでいる話の流れを掻きたてて、つねに新たな泉に変えようとするつもりのものであると思う。ビルンバウムの場合は、しかしそうではない。

（一九一二年一月二十四日、TB 一七七）

一見、プラハの心ないユダヤ系聴衆の失笑からビルンバウムを救出するために書かれたように見えるこの一節は、最終的に、ビルンバウムのイディッシュ語混じりのドイツ語に対する強い反発の「否」によってしめくくられている。プラハのユダヤ人聴衆の笑いをじぶんがいかに封じうるか。カフカは、壇上のビルンバウムを反面教師とすることによって、来るべき日のみずからが聴衆の目にどう映るべきなのかに考えを及ばせたのだった。はたして、翌月二月十八日、イディッシュ語に関する講演のなかで、イディッシュ語特有の合言葉で聴衆を攪乱したり、媚態をふりまいたりするビルンバウムのスタイルを故意に避けるかのようにして、カフカは聴衆に対し、真摯な心でイディッシュ語特有の響きに耳を傾け、プラハのユダヤ系ドイツ人として可能なかぎりの言語能力を動員してその詩を理解せよと促そうとした。

イディッシュ語の放つノイズに失笑を禁じえない聴衆（それはあらゆるピジン語・クレオール語に耳を傾ける聴衆がもらす失笑と同質のものだ）に対して、いくらイディッシュ語がけっして雑種的言語ではなく、確固たる「ひとつのユダヤ言語」なのだとイディッシュ語の正統性を説いたところでかえって滑稽なことにしかならない。そこで、カフカは聴衆の感性に訴える直接的な方法を選びとる。そもそも雑種的な言語環境にあるプラハのユダヤ系ドイツ人であれば、すなおに耳を開きさえすれば、イディッシュ詩の雑種的響きが、雑音と共に何かを伝えてくれるはずだ。そう前置きすることによって、聴衆のイディッシュ語に対する偏見を取り除くこと。その上で、聴衆ひとりひとりがその雑種性を映し出す鏡を覗きこむようにしてイディッシュ詩の朗読に向き合うことができたら……。

少なくとも、カフカはそうすることによって、イディッシュ語から多くのことを聴き取ったのだ。

ジャルゴンの端から端までに、民族移動がおこなわれるのです。ドイツ語も、ヘブライ語も、フランス語も、英語も、スラヴ語も、オランダ語も、ルーマニア語も、それにラテン語でさえも、このジャルゴンの内部では、好奇心と軽はずみによって理解されているのです。こうした状態に置かれた各国語を一まとめにするだけでも、たいへんな努力を必要とするでしょう。

（「イディッシュ語についての講演」、RJ 二六九）

離散の歴史のなかで、ユダヤ性はなにがしかの形で雑種性をかかえこまずには種族として維持することができなかった。これに対して、いわゆる反ユダヤ主義者は「ユダヤ性＝雑種性」と短絡的に理解することによって、イディッシュ語を断罪し、最終的にはユダヤ性と雑種性を一挙に撲滅する作戦に出た。また、ユダヤ人のあいだでも、シオニストたちは、「ユダヤ性＝雑種性」というこの等式に苛立つあまり、ユダヤ的なもののなかから雑種的なものを排除する最もてっとりばやい手段として、イディッシュ語からの脱却を説いた。そういったなかで、イディシストたちは周囲からの脅威にあらがうことで、イディッシュ語の地位の確立を急いだのだが、そうしたイディシストの奔走ぶりに対して、きわめて冷めた位置から、カフカはイディッシュ語のその雑種性の未来を憂慮しながら、そのノイズに満ちたアクロバチックな音響性に浸ることによる同胞との交感を夢見た。そのカフカの姿は、反＝ユダヤ主義に体を張って抵抗しようとした戦士の姿では決してなかった。異教徒であれ、ユダヤ教徒であれ、雑種的なものに対して攻撃の手を休めず、「牛刀」をもっておそいかかろうとする具体的な力に怯えながら、ひたすら雑種が反＝雑種的感性の持ち主であるひとびとの失笑から自由であれとだけ祈りながら、その雑音に耳を傾けるカフカ。彼はまさに「オドラデク」（ドイツ語とスラヴ語の雑種）のなかに自分自身を見出すようにして、イディッシュ語に耳を傾けたのだ。イディッシュ語とは、その不安定な雑種性の点で、また広大な空間を走り抜ける民族移動の言語であるという、そのあぶなかしさの点で、「オドラデク」そのものなのだった。

＊　＊　＊

「雑種」Kreuzungとは、ドイツ語では「交差点」の意味でもある。交通と漂泊の民であったユダヤ人が長い離散の歴史のなかで生み出してきた無数の雑種的言語は、実際にユダヤ国家の誕生によって、お払い箱になりかかっている。しかし、このことを雑種的言語の終焉だと早とちりしてはならない。

イディッシュ語を離れて地球上の諸言語に目を向けたとき、諸言語の雑種化は今日もなお進行中なのであり、たまたまイディッシュ語の雑種化がいま終わろうとしているというだけにすぎないのである。イディッシュ語の衰退をよそに、世界言語はますます雑種化のプロセスを歩みつつあり、あらゆる言語がかつてのイディッシュ語のように、その武器を研ぎ澄ましながら、「交差点」としてのにぎわいを受け入れている。長い間、ユダヤ性の一部を担ってきた雑種性は、いままさに世界言語のそれぞれが生き生きと生き延びるための原動力であることにひとびとは、あらためて気づきはじめてさえいる。

雑種的なものをとりまく外部からの暴力、そしてその政治的な暴力にさらされながらもさらに雑種化を進めていく言語の力。「交差点」であろうとする言語に内在する力は、外圧による言語の「袋小路」化につねに背きつづけるだろう。イディッシュ語の死は、けっして雑種化一般の終わりを暗示しているのではない。したがって、わたしたちはかつて「ユダヤ人」がしてきたように、みずから言語の雑種化に関わるなかで、雑種的なもののなかにみずからを映し出す作業をも同時に怠ってはならない。わたしたちは、だれもが「クレオール人」であり「ユダヤ人」なのだから。

＊　なお、一九〇八年のチェルノヴィッツ会議、およびそこでのイディシスト相互の見解の相違については、次の書が大いに参考になった──Emanuel S. GOLDSMITH: *Modern Yiddish Culture — The Story of the Yiddish Language Movement* (Shapolsky Publishers, New York, 1987)
　また『ツァラトゥストラ』のイディッシュ語圏内での受容に関しては、「ワルシャワで再会したニーチェの言葉」（『思想』一〇九三号、岩波書店、二〇一五、二一～六頁）を参照されたい。

カフカと妖術信仰

I

フランツ・カフカの、とくに長篇小説を読むときの重要なキイワードのひとつは「疲労」だと思う。「害虫」に変身した主人公グレーゴルがとつぜん就労不能に陥るばかりか、進行する食欲不振には打つ手もなく、最後には干からびて死んでいってしまう『変身』を、そうした一連の作品群のなかに含めてもよいだろう。また、『訴訟』や、『失踪者』、『城』など、未完の三部作のなかで、主人公たちは、はじめのうちこそ血気盛んに見えるが、物語の進行とともに、いつしか生命力の低下に苦しみ始める。カフカの作品に特徴的な憂鬱は、死が間近に迫ってくるという切迫感もさることながら、日に日に衰弱していくという「プロセス」の落日感、さらにいえば労働と労働の再生産にだけ専念していられたら生きがいを見失うことはなかったはずなのに、それ以外の雑事に巻きこまれるうち、まさにその雑事のせいで性も根も尽き果てるという絶望感に起因しているように見える。就労時間の長さもさることながら、残された休息時間にも効率よく休養が取れず、蓄積した疲労からの恢復そのものに失敗した結果の「過労死」。カフカが主要な作で描いているのは、「疲労回復の失敗」なのである。カフカその人の場合は、労働災害保険局での勤務時間以外の時間も、文学や恋愛（とくに書簡の執筆）に相当な時間を割いていたことが知られ、私たちはついそうした読みに導かれてしまうのである。

ここでは、こうしたカフカ文学の特徴のひとつを『訴訟』を手掛かりにしながら、あらためて考えておきたい。

ある朝、いきなり「逮捕」され、法廷からの告発から逃げも隠れもできなくなったヨーゼフ・Kが、銀行での勤務時間や恋人と過ごす自由時間を徐々に削らざるをえなくなっていくさまは、まさに現代人がえてして陥りがちな「窮地」を象徴していると考えられる。そして、具体的な容疑の中身は明かされないものの、何らかの容疑を理由に、前触れのない「逮捕」（「在宅起訴」）に遭遇した主人公が、法廷での闘争に勝利すべく、やみくもに奔走する。その試行錯誤は、どこか難病の告知を受けた人間の「闘病」にも似る。

私がこうした類比を考えるに至ったそもそものきっかけは、ヨーゼフ・Kが勤務先である銀行の取引先の工場主から紹介されて、ただちに会おうと決意した画家の次のアドバイスが、慢性疾患に苦しむ患者に対して医師が試みるインフォームド・コンセントとほとんど取り違えかねない内容だったからだ。

「三つの可能性があります。本物の無罪判決、見せかけの無罪判決、引きのばし。もちろん、本物の無罪判決が一番いいのですけど。そっちの方面じゃ、ぼくは何のお力にもなれません。ぼくが思うに、個人のレベルで本物の無罪判決をたぐり寄せる力がある人なんて誰もいないですよ。そこで物を言うのは、被告人の無実だけです。〔中略〕でもその場合は、ぼくの助けも、他の人の助けも必要ないってことになる」（PC 四九六）——「病い」にも「訴訟」にも、「完治」や「無罪放免」という出口は存在する（はずだ）。しかし、画家に言わせれば、「過去には無罪判決があった」と言われてはいても、それは「伝説が残ってるだけ」（PC 四九八）なのだという（それこそ「掟」には「掟の門」があると伝説が物語るように）。

そこで、より実現可能性が高いのが「見せかけの無罪判決」と「引きのばし」のふたつになってくるわけだが、そこで得られるのは「見せかけだけの自由」（PC 五〇三）、あるいは「訴訟が最初の段階から先へ進まない」（PC 五〇六）という一種の「寛解」である。いずれの場合でも、被告は「有罪宣告を受けない」代わりに、「本物の無罪判決を受けられない」（PC 五〇八）という犠牲を払うことになる。

画家が提案している「有罪判決を受けない」ための方法とは、完治（＝無罪放免）が見込める疾病の場合は別にして、いわゆる慢性疾患の患者が肝に銘じなければならない病気と上手につきあっていいくべしとの処世術に限りなく近いものなのである。

ともあれ、三十歳の誕生日に「逮捕」されたヨーゼフ・Kは、自由を拘束されることはなく、銀行勤務もそのまま続ける自由を保障されていた。しかし、それまでの気ままな独身生活からは打って変わって、彼はいつしかみずからの「救命」に向けて、「訴訟」との「不幸な腐れ縁」（「頭の中は訴訟のことだけなの？」――PC 四四〇）をつづけることになる。それがまる一年つづき、三十一歳の誕生日に、彼は抵抗の余地もなく「処刑」される。

そしてその「救命＝命乞い」を実りあるものにするためには、断じて気を抜くことなどあってはならない。周囲の人々とのはりつめた「交渉」や「協調」が必要になってくるのである。「自分の訴訟のために、ほんの少しでも他人の助けを借りるのは嫌だった」（PC 三五五～六）といくら強がったとしても、それは口先だけである。

◆

『病いの語り』(1)で知られ、ここ二十年の「医療人類学」を牽引してきた一人であるアーサー・クラインマンは、「生物医学的モデル」が、「疾患」（disease）に対する「治療」（cure）にこだわるあまり、「疾患」に「苦しむ」（suffer）という「病い」（illness）に向けた「お世話」（care）に目を向けることをいかに怠ってきたかに注意を促す。そして「疾患」だけを見る（＝診る）のであれば、患者と専門的な医療従事者の関係だけしか問題にならないのだが、いざ「病い」に目を向けようとするならば、それこそ「病者の配偶者、子ども、友人、ケアする人、あるいは患者」（クラインマン 一〇頁）といった幅広い人間関係のなかでそれを見ることが要請されるという。つまりは、「診る人」だけではなく「看る人」の存在感を度外視するわけにはいかなくなるのである。「疾患」は、ひとりひとりの人間の個別的身体に宿るものだが、「病い」というものになると、それは治療に従事する専門家集団を巻きこむだけでは終わらない。

なにしろ専門家集団といっても、医師ばかりでなく、看護師や薬剤師らの手助けが求められるだろうし、主治医の選定にあたっては、「セカンド・オピニオン」、さらには「サード・オピニオン」を求めて、数々の医師のあいだを渡り歩かなければならない場合もある（「じつはあの先生以外に、他にも弁護士を雇っているんです」――PC 五二三）。つまり、一旦、「患者」であると名指された人間は、さまざまな領域に属する複数の「支援者」に手助けを求めることで、はじめて「闘病」の態勢を整えることができるのである。しかも、『訴訟』のなかでは、画家が語ったように、「完治」をめざすのか、「見せかけの寛解」あるいは「小康状態」で満足するかによって、「支援」のあり方そのものも違ってくる。したがって、その目標が定まらないならば、なおさら頼りにすべき「支援者」の顔ぶれも多岐に及んでくる。

そして、『訴訟』を含めて、カフカの長篇小説に特徴的なのは、次から次へと女性の「支援者」が登場するということだ。下宿を同じうするビュルストナー嬢、訪ねていった裁判所の一角に住まう廷吏一家の妻、そして叔父から紹介された弁護士のところの住みこみ看護婦。それこそ「顔に、助けてくれる女の人募集中とでも書いてあるのか」(PC 四四一)と自分でも首をひねりたくなるほど、女性が次々に好意を寄せてくる。ヨーゼフをめぐる「訴訟」において、直接に影響力を及ぼしてきそうな法曹関係者は男ばかりだが、その周囲には衛星のように女性が取り巻いており、彼女らが、何らかの助けになるかもしれないと思える瞬間が、たまさか訪れる。要するに、「支援者」の支援をとりつけるための東奔西走のなかで、ヨーゼフ・Kという三十男は、性的な誘惑に対しても、無防備な状態のまま晒されるのである。

こうした女たちも含めて、『訴訟』の主人公は、小説の冒頭でいきなり「逮捕」される下宿の一室を基点にして、裁判所事務局のある建物や、弁護士の住む建物、画家が住む建物、そして観光地でもあるはずのカテドラルといったさまざまな場所で「裁判闘争」を闘うなか、数えきれない「支援(候補)者」との膝を詰めた話し合いに時間を割くことになる。それは決して『訴訟』が「不条理小説」だからではない。かりにそれが「病気の告知」であった場合でも、人は、ヨーゼフ・Kがそうしたように、「支援者」の許を訪ね歩き、近親者から職能集団に至るまでのあいだを右往左往しなければならなかったはずである。かかりつけの医師に相談しておけば、それだけで安心だといったような余裕は、病気が難病であればあるだけ、もはや保証されない。

クラインマンが「病い」の当事者として召喚しようとしているのは、「疾患」をかかえた一人の「患者」から、その「患者」の「闘病」に力を貸そうといういくつものタイプに分類できる「支援者」まで、そのネットワークの全体だろう。しかも誰が「真の支援者」であり、誰がじつは「偽りの支援者」でしかないかが、「患者」自身にも最後まで見通せない。それが『訴訟』の特徴なのだ。しかし、「裁判闘争」であれ、「闘病」であれ、「訴訟＝病い」のなかに追いこまれた人間をとりまく日常とは、そもそもそういったものなのではないのだろうか？

そして、「疾患」と闘うには、「病い」をとりまく人間関係の網の目との交渉を避けて通るわけには行かず、支援者を求めてのがむしゃらな「闘い」は、いつ「疾患」自体との闘いにマイナスにはたらかないとも限らない。いかに医学が進歩しようと「疾患」に対する「治療行為」とは、決して確実な効果を見込めるものではない。「病い」との闘いも、その危うさは同じなのだ。

Ⅱ

カフカの死後、その処分を託されたマックス・ブロートは、かならずしもカフカの遺志に忠実に従ったとは言えないのだが、少なくとも私たち、後世の人間にとっては「カフカからの贈りもの」というしかない貴重な作品群を彼なりのやり方で整理して世に送り出してくれた。通常「八つ折りノート」Octavhefte の名で知られる八冊の走り書きノートのなかから掘り起こされたなかには「父への手紙」や「雑種」のような作品も含まれるのだが、マックス・ブロートが友人のハンス・ヨアヒム・シェプスとともに編んだ『万里の長城建設／カフカ未刊行遺稿集』が刊行されたのは、一九三一年のことだった。ヴァルター・ベンヤミンの「カフカ論」(2)（一九三四）は、そこから多くのアイデアを汲みとりながら試みたカフカ論のひとつである。そして、「ルカーチが時代を区分して思考しているとすれば、カフカの思考はもっとずっと長い尺度、有史以前に届く尺度の区分を用いている」(一〇頁)と書いたベンヤミンが、『訴訟』を論じるうえで重視しているのは、その「八つ折りノート」の一冊のなかに発見されて、『万里の長城建設／カフカ未刊行遺稿集』に「彼」の題で収められた次の一文だった――「人間が犯した古い不正である原罪は、人間が、自分には不正がおこなわれた、原罪が犯されたのは自分においてなのだ、と非難してやまないところに、在る」(一二頁)。

アダムがイヴにそそのかされてはたらいたとされる罪をモチーフに、キリスト教の文脈のなかで万人が引き受けなければならないはずの罪が、救世主イエスが肩代わりされたと語られることで、「有罪性」と引き換えに「救済」が約束される形で信仰が広まったのがキリスト教である。しかし、そのキリスト教を強く意識しつつも、みずからはあくまでも「罪の主犯」ではなく「罪のこうむり手」の方だ、と言い募る、そこにこそ「原罪」が宿るのだとして、それを読みかえるカフカの機知は、まさに官僚機構や国民国家が人間を奴隷化する道具として用いる「原罪意識」のありようをあぶり出す。そして、このような「原罪」が個人個人にのしかかり、かといってそこでは「原罪」が救世主イエスによって肩代わりされることがないために、その「告発」に端を発する「訴訟手続きは、被告たちに〔中略〕いささかの希望も与えない」(一五～一六頁)。

この議論の最後で、ベンヤミンは、ブロートが「一九二〇年二月二十八日」の「日記」に書きとめておいたのだという、次のカフカの言葉を引いている――「希望は十分にある、無限に多くの希望が

ある——ただ、ぼくらのためには、ないんだよ。」（一六頁）[3]

しかし、思えば、「魔女裁判」の時代まで、人間にふりかかる災いの原因を「天罰」ですらなく、生きている特定の人間の「魔術＝妖術」に帰するというようなことは、西洋社会でも通常だった。そして、「妖術師」なる存在に依存する人間もさることながら、それを「告発」しようとする社会そのものもまた「魔術＝妖術」witchcraft の存在を前提にしていた。『訴訟』は起きぬけに「逮捕」という憂き目に遭うという不測の事態を、「誰かが〔中略〕中傷したに違いない」（PC 三一三）の一言で反射的に受け止める。そのような思考回路を基点に据えるところから物語が始動するのである。それが「死刑にまで至る有罪性の告発」であろうと、「死に至る病の宣告」であろうと、それを見境なく何らかの「中傷」によって招来された「不運」だとみなすことで、「有徴化（スティグマ）」された身体を「無徴」の状態へと「修復」しようとする「プロセス」が動き出す。『訴訟（プロセス）』が描いているのは、西洋近代が克服したかのようにふるまってこそいるが、しかしそのなかにも着実に生き延びている「自分の身に不正が行われ、自分に対して原罪が犯された」という感覚なのである。そこでは「妖術」が社会に蔓延していて、その結果、一人の人間に「災い」がふりかかるのか、はたまたそうした「妖術」を用いた容疑でその人間に「災い」がふりかかるか、そのいずれかであり、その境界が不分明なのである。そして、この不分明さは、ユダヤ＝キリスト教以前から今にまで生き延びている人間社会のある種の根幹に関わるものだろう。

たとえば、みずからにふりかかった「災い」を「妖術」によってもたらされ、それを解除するにも「妖術」を用いる以外に手がないものとしてとらえる思考法に関して、人類学の方面では熱心な研究が施されてきた。

レヴィ＝ストロース研究者として知られる文化人類学者の渡辺公三は、『身体・歴史・人類学①アフリカのからだ』[4]に収められた論考のなかで、身体的な失調を前にして、「疾患」をさぐりあてること（のみ）が「治療」であると信じて疑わない西洋近代医学を相対化すべく、アフリカの「妖術信仰」をめぐる社会人類学研究の源流への遡行を試みている。

次は、同書に引かれた、エヴァンズ＝プリチャードの論文「妖術」（一九三五）からの少し長めの引用である。

自然哲学の体系として考えるとき、それ（witchcraft 妖術）には一つの因果理論が含まれている。すなわち、不運は妖術が自然力と共同してひきおこすものである。ある男がアフリカ水牛の角でひっかけられるとか、穀物倉の支柱が白蟻にむしばまれて倉が頭の上に崩れ落ちてくるとか、脳脊髄膜炎にかかるとかすれば、アザンデ族は、水牛や穀物倉や病気が原因であって、それが妖術と結びついてその男を殺したのだというであろう。水牛や穀物倉や病気はそれ自体で存在するものだから、妖術はそれの存在については責任がない。しかしながら、それらの原因が、ある特定の個人に対して破壊的な関係に置かれたという特定の状況については妖術に責任がある。いずれにしても穀物倉は崩れ落ちたであろう。しかし、ある特定の人間がそのかげで休んでいるというある特定の瞬間にそれが起こったのは、妖術のせいである。これらすべての原因の中で、妖術だけは人間が干渉して変更させることができる。それは妖術がある一人の人間に発するものだからである。水牛や穀物倉に対しては干渉の余地がない。それらも原因と考えられてはいるけれども、社会関係という面においては無意味である。（三二一〜三頁）

何らかの「不運」に個人が見舞われたとき、その「不運」に「干渉」して、その害を除去するには、「水牛や穀物倉や病気」そのものもさることながら、どうしたって社会的な手段、つまり「妖術」にはたらきかけなければならない。ここで紹介されているアザンデ族（中央アフリカ地域に住むバンツー系の種族）の考え方は、西洋近代のなかに培われてきた「生物医学的モデル」とはあまりにもかけ離れたものに見えるだろう。そして、人類学なる学問が、こうした懸隔に注目するのは、まさに西洋的な世界観が、そこでは正面から問い返されることになるからだ。クラインマンが、「生物医学的モデル」の専横に立ち向かおうとしたことと、エヴァンズ＝プリチャード以降の妖術研究とは、地下水脈ではつながっている。

そして、渡辺は、このエヴァンズ＝プリチャードの妖術研究をふまえつつ、一九八〇年代に彼自身がたずさわった中部アフリカでのフィールド調査をもふり返りながら、人類学が陥りがちな陥穽について、踏みこんだ批判的考察を加えている。

この短い一節にも、ある思考の構図はよく現れている。「自然力」の決定的因果連関の系と、「干渉」可能で社会的に意味のある関係の系〔中略〕とがあり、その交叉するところに出来事としての「災い」がある。二つの系とその交点である特異点としての出来事。後者つまり「特定の」とき、「特定の」人にふりかかる不幸は、この二つの系によって解釈される。いうまでもなく、人類学的記述の重点は、出来事の特異性よりはこれら二つの系、とりわけ「科学的」思考からは、余剰でありそれだけエグゾティックでもある社会関係の系に置かれてゆくことになる。出来事そのものの特異性は解体され、一つのケースとして処理されてゆく。（三二―三三頁）

人類学が示す傾向（確信犯的な偏向？）のひとつは、人間に「災い」がふりかかったときの説明に際して「科学的」な思考には含まれない「余剰」にことさら目を向けると同時に、「出来事の特異性」を「解体」してしまうことにあるというのである。

「人は病むとき、他の者に代わってもらうことはできない。自分の病状が自分自身の手におえないものになったとき、人は癒すことの専門家に自分を預け、託するしかない。たとえどれほど身近な者でも、どれほど思いをよせる者でも、他者の病いに代わることはできない」(三二〇頁)——渡辺は、こうした「病い」の「代替不可能性」のなかに、ある意味で、生きとし生けるもののあいだで普遍的だとも言える「病むことの経験」の本質を見ようとする。そして、「妖術というイディオムから、社会関係のある特性、パターンのようなものをとりだすこと」(三二四頁)を旨とする人類学に対して、あらためて「〈個〉のトポス」を回復できるような未来は、展望できないのかという問いを立て、そこで、おもむろにクバ族のあいだでも急激に数を減らしつつあった民間医療師(=ンゲッシュ)四名の修行経験に耳を傾けようとする。人類学のなかに「質的研究」を回復させるための試みとでも言うべきだろうか。

次は、そこで聴き取られた四例のなかの一例目である。

私(マボシュ)が、ンゲッシュとはじめて関係をもったのは、先代の王の時代だった。それは一九五三年にこのはじめての息子が生まれたときだった。身体中がふるえて止まらなくなり、まったく飲まず食わずで仕事もせず、それが九日間続いた。九日目に夢にンゲッシュの女が現れ、私は踊った。女は私をこの近くの池の底の彼らのすまいに誘ったので、私はついて行った。そこにはンゲッシュが大勢住んでおり、女は私を父親に引き合わせた。そしてンゲッシュたちに私を夫として紹介し、私が(クバの土地の)どこへ行っても、私を助けるようにといった。水底の家は、中が三つの部屋に分かれているものだった。女は私に、私の病が何であるかを教え、治すために何を使えばよいかを教えてくれた。そしてンゲッシュたちに、私がもう九日間も飲まず食わずでいるのだから、元気にして村へ帰すようにといった。それで私は治り、ものを食べ、飲むことができるようになった。(三二七頁)

カフカの作品群は、不可解な「災い」が主人公にふりかかるところから始まり、その後、主人公が遍歴を経ながらも、「快癒」には向かわず、最後は「破滅」への道を進んでしまう。ましてや「ンゲッシュ」らとの接触を経て、その人みずからが「ンゲッシュ」へと成長するというような「成長物語」とも、それらは一見、無縁であるように見える。

しかし、だからといって、カフカという作家が最初から「破滅」を書くことに目標を定めていたのかどうか？　その判断に関しては、十分に慎重でなければならないだろう。

グレーゴルの「変身」、カール・ロスマンのアメリカ行き、ヨーゼフ・Kの「逮捕」、測量士Kの村での測量、それらは、ほんとうは、それぞれの人間が「ンゲッシュ」へと高まっていこうとする「無限に多くの希望」に開かれた「成長」(Bildung)の物語の始まりだったのではないだろうか？

いかなる「災い」に対しても社会的に対処できる動きを作り上げ、いずれは「災い」にとりつかれた他者の「救出」にも前向きに対処していけるような経験を身につけること。カフカの文学とは、そうした「妖術信仰」が普通に存在していた時代の遍歴物語を、現代世界のなかに「トレース」しようとして、しかし、物語の進行とともに、主人公がことごとく墓穴を掘ることになるカフカ自身の「戦いの記録」だったのではなかったか？

Ⅲ

カフカの小説を読むときに、「災い」を一身に引き受けなければならない主人公だけでなく、そんな主人公の「治療」とまでは至らないまでも、少なくともその「世話」をする人々に目を向けてみようと考える姿勢の重要性は、たとえば『変身』を「介護小説」として読もうとした田中壮泰が指摘するところである。

変身後、グレーゴルは部屋に監禁状態になるが、そのことで彼は、家の女性たちの姿を終日観察することになった。虫になることで、これまで外にいては見えてこなかった女性たちの「シャドウ・ワーク」が、はじめて彼の眼に可視化されたのである。それどころか、これまで家政婦を含む家の女性たちの生活を支えてきた男が、今後は逆に彼女らの支えを、家族の誰よりも必要とするようになった。(5)

「ホスピス」と言うなら、そんなふうに言えなくもないが、一家の稼ぎ頭であった彼が失業してしまった以上、グレーゴルが自宅で与えられる「ケア」は、「監獄」でのそれ以上でも以下でもない。

そして、同じ読みは、『訴訟』にもあてはるだろう。いきなり「逮捕」されたヨーゼフの将来を気遣い、「支援」を申し出たり、彼が試みようとしている「裁判所の改革」に期待を寄せたりしてくるのは、ほとんどが女性で、そんな彼を見るにつけ、男たちの多くは、逆にヨーゼフ自身に「潔白を明かそう」という気持ちすら欠落しているかのように受け取る——「私は弁護士の面子を立ててやる。弁護士は事務局長さんの面目を立てる。なら、おまえは私の面目を立てるのが筋じゃないか。せめて応援ぐらいできんのか」(PC 四四五)。

要するに、『訴訟』は、「被告＝患者」と「支援者」とが足並みをそろえることの必要性を説こう、説こうとしながら、結果的にその困難さを描くことしかできないでいる小説なのである。

◆

『病いの語り』の「第十四章」で、クラインマンは、「患者」ではなく、慢性疾患をかかえた患者をクライエントとして受け入れなければならない「医師」たちに対する聴き取りを試みている。しかも、そこで題辞のひとつに引かれているのが、カフカの短篇「田舎医者」の一節なのである——「処方箋を書くのはたやすいが、人びとと理解しあうようになるのは難しい」(クラインマン 二七五頁)。

カフカは「患者」であることの憂鬱、「被告」であることの憂鬱だけではなく、「医師」の憂鬱や不定愁訴、「弁護士」の憂鬱、そして不定愁訴にも深く通じていた。クラインマンも同じく、みずからの「医師」としての立場に不平不満を抱く「医師」たちの声に耳を貸そうとするのだ。

たとえば、「丸々と太り笑みをたたえた四十六歳の内科医」（二八一頁）は、「感情がからんだことや家族のことやごちゃごちゃしたことはみんな誰か他の人にまかせられたらいいのですけれどね。患者たちに、カラカラになるまで吸い尽くされそうな気がします」（二八二頁）と、本音を語る。

また「血色のよい、動作のゆっくりとし」た「六十五歳の家庭医」は、「ケアを行うことによって、ほとんど必ず、もつれあったいろいろな関係や、入り組んださまざまな個性の網に、巻き込まれることになるのです。それはまったく、人間という存在の濃厚でぴりっとしたシチューのようなもので、そこには私たち自身の、治療者としての恐れや、野心や、欲求も含まれているのです」（二八三頁）と言う。

他方、「よいケア」を追求しようという意欲に燃えつつ、しかしながら、医療保険制度の弊害を告発しなければならないとも考える「三十九歳の精神科医」（二九〇頁）は、こう言う――「患者がよくならなかったら、患者に責任をなすりつければいいというわけです。患者がよくなりたいと思わないので全然だめだ。患者はやる気がないんだ。そうだ、患者のせいだ。」（二九一～二頁）

また、「二十九歳の熱心な内科医」は、下層に属する女性の患者のことを思いだしながら「彼女の命を奪おうとしているのは、彼女のまわりの世界であって、彼女の世界ではない」（二八七～八頁）と、医療の限界を打ち明け、社会変革の必要性を訴える。

現代の医療は、医療制度や保険制度、そして藁にもすがる思いで専門家からの助けを求めてやってくる「患者」やその支援者たちに包囲されて、「医師」には重たい負荷がかかるに至っている。『訴訟』のなかで、ヨーゼフ・Kは「無実の人が、尋問される代わりに公衆の面前で辱められる」（PC三七二）のは、「裁判の体裁を取っているものの背後に（中略）大きな組織が存在している」（PC三七〇）からだと言って、激しく裁判所を糾弾するが、そんな彼に向かって、担当の弁護士は、たとえば、次のように反撃する――「被告人は、ほとんど例外なく、あまり頭がよくない連中でさえ、訴訟が始まってすぐの時期にはあれこれと改善策を考えはじめ、時間と労力を無駄に費やします。」（PC四五五）

「被告」や「患者」を取り巻いている人間関係を前にして、一種の「仲介者」である「弁護士」や「医師」などの専門家は、「被告」や「患者」に寄り添おうとしながら、しかし「弁護士」や「医師」がその一部を構成している「組織」に対する「被告」や「患者」の不信や敵意をまで受け止めなければならないことが、彼らにとって大きな負担となるのである。

しかし、そういったなかでも、自分を「医者にしたのは医学部」だが、みずから「喘息（中略）を抱えて生活してき」た、その「経験」こそが、彼を「治療者」にした（クラインマン 二七七頁）と真摯に語る医師もいる。「自分が傷を負うことで、治療者は、患うということがどのようなものかわかる」（二七八頁）というのである。

こうして現代社会のなかに「治療師」がひとり誕生していくという物語は、クバ族の「ンゲッシュ」の誕生の物語そのままではないだろうか。さらに言えば、『訴訟』の「被告」であるヨーゼフ・Kだって、もし最後に「処刑」されることさえなかったなら、彼に寄り添おうとした誰よりも「被告」

に寄り添える「支援者」のひとりへと成熟していけたかもしれないのである。

ただ、カフカの憂鬱は、そのような希望を作品の核に据えられるほど、御(ぎょ)しやすいものではなかった。「妖術」によって「災い」をこうむった人間を前にして、その人間を窮地から救い出せる「支援者」はあまりに非力で、むしろ「妖術」を行使する「組織」の力があまりにも強大すぎる時代状況のなか、カフカは一分の希望も見出せない物語にしかたどり着けなかった。

そこでは「患者」ばかりでなく「支援者」もまた何ものかに怯えながら、それこそ自分自身を恥じながら生きている。もし宇宙人が、地球上の司法制度や医療制度を眺めたならば、じつはそこに「妖術信仰」が介在していると確信したに違いないような現実が、そこには横たわっているのである。『訴訟』の大半を仕上げながら、それを完成させないまま、次の長篇に挑戦したカフカは、これまた未完に終わった『城』のなかで、主人公自身が「被告」や「患者」よりは、むしろ「弁護士」や「医師」に近い「測量士」の位置に立つ物語に挑戦した。そこでもカフカは、主人公（＝K）が、結局は「疲労」に屈してしまうかのような悲観論をしか提示できないまま、彼自身が病いに倒れてしまったのだが、カフカが「被告」や「患者」の立場からだけ世界を見ようとする作家でなかったことは、『城』を一読するだけでも明らかである。

天災・人災を問わず、「災い」は社会全体にふりかかる。それが「病い」であったり、「道義的追及」であったり、たとえ個人にふりかかるものであった場合にも、それは社会全体で引き受けるべき問題として、「治癒（＝更生）」から「世話（＝日常生活の介助）」への配慮が要請される。人類学とは、そうした「災い」との人間的な闘いを、地域や時代を越えて普遍的な人間の課題であったと見据えるための学問であったのだと言えるのかもしれない。そして、カフカもまたそうした学問を、作家として模索したひとりだった。

注

（1）以下、アーサー・クラインマン『病いの語り』（江口重幸・上野豪志・五木田紳訳、誠信書房、一九九六）からの引用は、本文中に同書の該当頁数を記す。

（2）以下、ベンヤミンの「フランツ・カフカ」からの引用は、『ボードレール他五篇、ベンヤミンの仕事2』（岩波文庫、一九九四）の野村修訳を用い、本文中に同書の該当頁数を記す。『万里の長城の建設』のなかに収められたカフカの断片（「彼」）の翻訳も野村訳をそのまま用いた。

（3）ブロートの回想は、『フランツ・カフカ』（一九三七／一九五四）で読むこともできる（辻瑆・林部圭一・坂本明美訳、みすず書房、一九七二、八四頁）。

（4）渡辺公三『身体・歴史・人類学Ⅰ　アフリカのからだ』（言叢社、二〇〇九）からの引用は、本文中に同書の該当頁数を記す。エヴァンズ＝プリチャードの論文からの引用も渡辺訳である。

（5）田中壮泰「グレーゴルと女性たち――介護小説としての『変身』」（『生存学』５号、生活書院、二〇一二、一七二頁）。

転載元一覧

本書収録論考は下記より転載した。転載にあたって改稿を加えた。また、表題の変更を行っている場合がある。

・「虫けらを殺すということ（二〇二一～二〇二四）」：
「ことばとからだ」連載第一回～第八回、『異文化の交差点●イマージュ』（ＫＳＫ（関西障害者定期刊行物協会））、第79～85、87号所収。

・「カフカの描いた死の諸相」五編：
「害虫の生――カフカ『変身』」、「恥辱死――カフカ『訴訟』」、「失業者――カフカ『失踪者』」、「拷問死――カフカ『流刑地にて』」、「過労死――カフカ『城』」、いずれも西成彦『ターミナルライフ――終末期の風景』（作品社、二〇一一）所収。

・「雑種たちの未来」三編：

「イディッシュ語を聴くカフカ」：

「イディッシュ語を聴くカフカ」、西成彦『エクストラテリトリアル――移動文学論［Ⅱ］』（作品社、二〇〇八）所収（初出：『文学部論叢』二三号（熊本大学文学会、一九八七））。

「オドラデク／名前の憂鬱」：

「オドラデク／名前の憂鬱」、西成彦『マゾヒズムと警察』（筑摩書房、一九八八）所収。

「雑種の死」：

「ユダヤ的な雑種の形式」、『現代思想』（青土社）一九九四年七月号（vol.22-8）所収。

・「カフカと妖術信仰」：

「カフカと妖術信仰」、渡辺公三・石田智恵・冨田敬大編『異貌の同時代――人類・学・の外へ』（以文社、二〇一七）所収。

あとがき　　カフカの百回目の命日（六月三日）を前にして

カフカが主要な作品を書きつづったのは、第一次世界大戦（一九一四〜一八）をまたぐ十数年間だったが、彼は、いわゆる「戦争」を描くことはなかった。現存する遺稿のなかで最も古いものだとされる「ある戦いの記録」を読んでも、カフカが名指す「戦い」Kampfは、私たちが生きているかぎりどうしたって避けて通ることができない「せめぎあい」のようなもので、かりに戦時下、今でいえば、ウクライナやガザ、あるいはスーダンの現実を目の当たりにしたとしても、火器を用いた戦闘にカフカが目を向けることはなかったと思う。彼が苦しんでいた「戦い」とは、ひとがひとを傷つけたり、自分自身傷ついたり、しかもそうした神経をすり減らすような摩擦のなかに、時として生きることの幸せを見出したりする、そんな私たちの日常についてまわる「人間関係」のきしみだったからだ。

カフカが描く家庭、職場、下宿屋、裁判所、ホテルは、ことごとくが「劇場」であるようにも、「戦場」であるようにも見える。そこはどんなに静まりかえっていたとしても、絶えず「戦い」の余韻と予感を漂わせている。そしてカフカにふれた者は、どこに身を置こうとも、それこそ地球上のいたるところが「戦場」に他ならないことを再確認することになる。ひとはみなそのことを知らないのではなく、忘れようとしているだけだ。

カフカはその死から百年を経た今もなお、現役であり、取り扱いに注意を要する、しかし滋養分に富んだ「なまもの」である。何よりもこのことに心して、カフカの使い途を、考えていこう。

二〇二四年四月三十日

西成彦

【著者】

西成彦（にし・まさひこ）

東京大学大学院人文科学研究科比較文学比較文化博士課程中途退学。立命館大学先端総合学術研究科名誉教授。

専攻は比較文学。ポーランド文学、イディッシュ文学、日本植民地時代のマイノリティ文学、戦後の在日文学、日系移民の文学など、人々の「移動」に伴って生み出された文学を幅広く考察している。

主な著書に『多言語的なアメリカ　移動文学論Ⅲ』（作品社、2024年）、『エクストラテリトリアル　移動文学論Ⅱ』（作品社、2008年）、『外地巡礼——「越境的」日本語文学論』（みすず書房、2018年）、『バイリンガルな夢と憂鬱』（人文書院、2014年）、『ターミナルライフ　終末期の風景』（作品社、2011年）などがある。

カフカ、なまもの

2024年6月3日　初版発行　　定価はカバーに表示しています

著　者　西　成彦

発行者　相坂　一

発行所　松籟社（しょうらいしゃ）
〒612-0801　京都市伏見区深草正覚町1-34
電話　075-531-2878　振替　01040-3-13030
url　https://www.shoraisha.com/

印刷・製本　モリモト印刷株式会社
装丁　仁木順平

Printed in Japan

Ⓒ 2024 ISBN978-4-87984-454-5 C0098